JN306980

紅燈川《こうとうがわ》

深川鞘番所

吉田雄亮

祥伝社文庫

目次

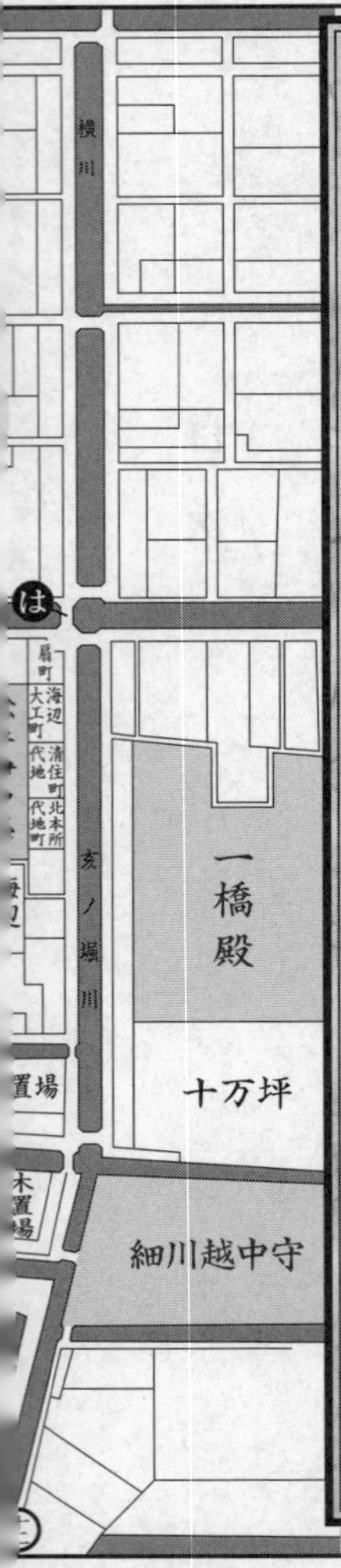

深川繪圖

一 深川大番屋(鞘番所)
二 靈巖寺
三 法苑山 浄心寺
四 外記殿堀(外記堀)
五 櫓下裾継
六 摩利支天横丁
七 馬場通
八 大栄山金剛神院 永代寺
九 富岡八幡宮
十 土橋
十一 三十三間堂
十二 洲崎弁天

い 万年橋
ろ 高橋
は 新高橋
に 上ノ橋
ほ 海辺橋(正覚寺橋)
へ 亀久橋
と 要橋
ち 青海橋
り 永代橋
ぬ 蓬莱橋

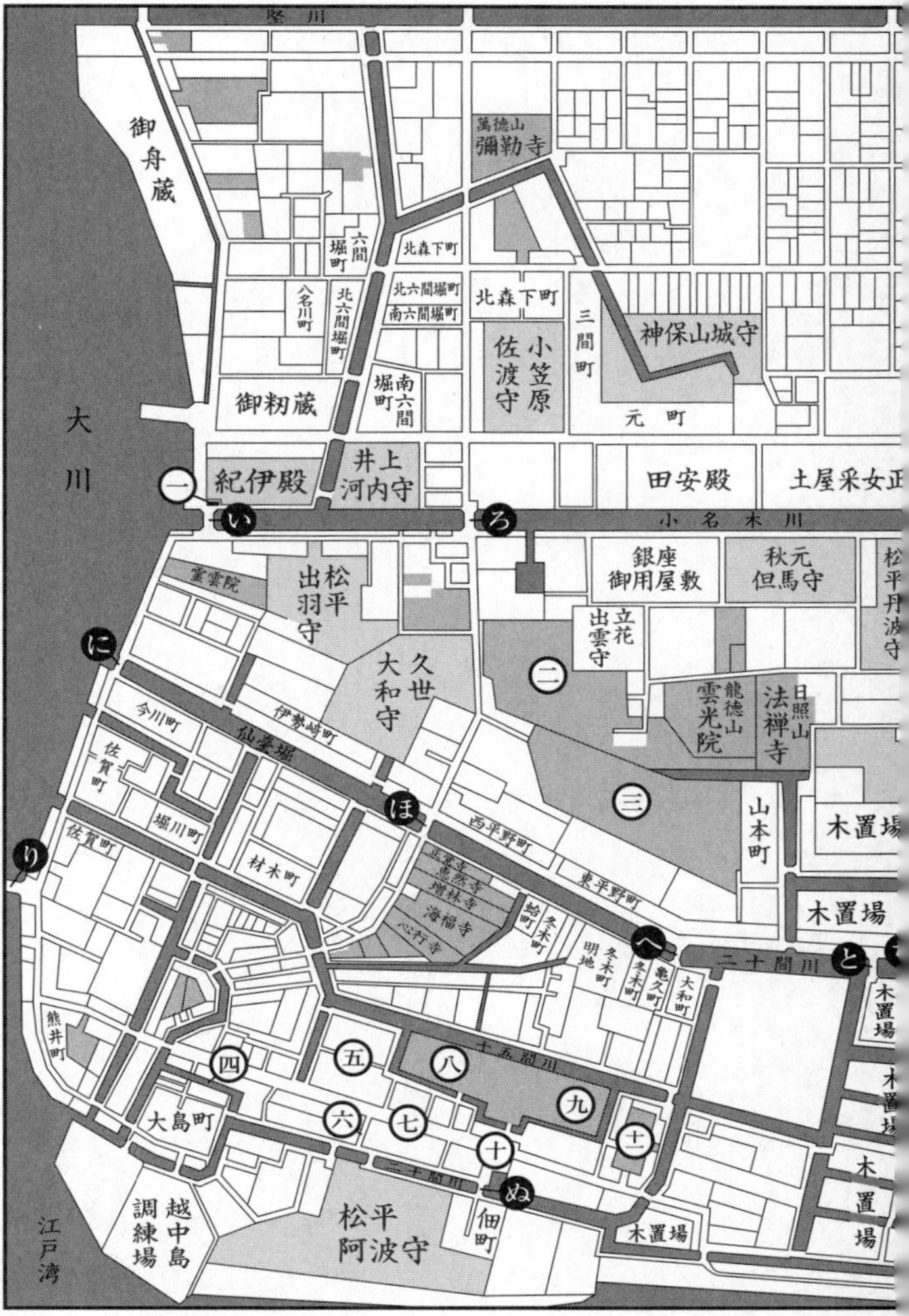
竪川
御舟蔵
萬徳山
彌勒寺
六間堀町
北森下町
北六間堀町
南六間堀町
八名川町
北六間堀町
北森下町
三間町
神保山城守
小笠原佐渡守
南六間堀町
御籾蔵
元町
大川
紀伊殿
井上河内守
田安殿
土屋采女正
小名木川
銀座御用屋敷
秋元但馬守
松平丹波守
霊雲院
松平出羽守
立花出雲守
久世大和守
龍徳山雲光院
日照山法禅寺
今川町
伊勢崎町
仙台堀
佐賀町
堀川町
佐賀町
西平野町
山本町
木置場
材木町
東平野町
木置場
正覚寺
恵然寺
増林寺
海福寺
心行寺
蛤町
冬木町
明地
冬木町
冬木町
亀久町
大和町
二十間川
木置場
熊井町
十五間川
木置場
大島町
二十間川
木置場
越中島調練場
松平阿波守
佃町
木置場
江戸湾
一
い
ろ
に
ほ
り
へ
と
ぬ
二
三
四
五
六
七
八
九
十
十一

本文地図作製　上野匠（三潮社）

一章　緋色波紋《ひいろはもん》

一

三味線のいい音が聞こえてくる。

その音に太鼓がかぶり、どこで弾《ひ》くのか新たな三味線の音色が加わった。

建ちならぶ茶屋に掲げられた紅色の紙を張った提灯《ちようちん》の明かりが明々と点《とも》っている。

三櫓《さんやぐら》の、遊客で賑《にぎ》わう河岸《かし》道の岸辺につらなる赤白の格子模様の和紙を張った柱行灯《あんどん》の明かりが、提灯の紅燈《こうとう》と華やかさを競っていた。

星一つない漆黒《しつこく》の闇空に、提灯の紅燈と柱行灯の明かりが浮き立って見える。

十五間《じゆうごけん》川の水面《みなも》に柱行灯の紅燈が映《は》え、行き交う猪牙《ちよき》舟の舳先《へさき》がつくりだした波紋に割られて、揺れながら崩れた。

帰りの遊客を待つ猪牙舟や屋形舟がわずかな間をおいて、舳先を岸につけて舫《もや》ってある。

夜になると、ただでさえ舟で混み合う川面《かわも》を舫船《もやいぶね》が、さらに狭くしていた。

小雪が散らついたこともあって櫓《ろ》を操る船頭たちの吐く息が白い。舟火鉢《ふなひばち》に手をかざしている船客の姿があちこちに見うけられた。

行き会った二艘の猪牙舟の船頭が細かく棹《さお》を操って、すれすれの間で行き違っていく。

猪牙舟が行きすぎた後、川面に映る紅燈が華やいだ形を取り戻していった。

鮮やかな緋色《ひいろ》が揺らいでいる。

その紅は、次第に広がっていった。

船頭が櫓を漕《こ》ぐ手を止めて見つめ、首を傾《かし》げた。

それは、川面に映る紅燈とは、かけ離れたものとおもえた。

悪戯《いたずら》心を起こしたか、別の猪牙舟の船頭が揺らぐ緋色を棹でつついた。

と、突いた棹の先に緋色がまとわりついた。

慌《あわ》てて船頭が棹を引く。

棹の動きにつれて緋色が割れ、ふたつの白いものが浮き上がり、つづいて白い塊《かたまり》が浮いて出た。水面に浮き出た白いものに丘状のふくらみがあった。さながらお椀を伏せたようなそれの、なかほどに紅い突起がみえた。

その白いものに揺らぐ紅がまとわりついている。

刹那《せつな》……。

潜んでいることに抗しきれなくなったのか、それは一気に川面に躍《おど》り出た。

首を傾げていた船頭が驚愕に目を見張った。

「女だ。女の、土左衛門《どざえもん》だ」

叫び声に、棹を操るのを止めた猪牙舟の船頭や乗客が、足を止めた道行く人々が、一斉に目を向けた。

紅燈とみえたものは、緋色の長襦袢《じゆばん》であった。

片袖が肩からずり落ち、胸の半分が剝《む》き出しとなっている。裾が開き、白い太股《ふともも》から、すらりと伸びた脚が水面で揺れていた。色白の肌が紅燈に桃色に染まっている。

乱れた髪が顔を覆《おお》って、さだかには見えないが、なかなかの美形とおもえた。

動きを止めた猪牙舟が女の骸《むくろ》のまわりに群がっていた。

女は、豊かな乳房と形のいい脚を惜しげもなく曝《さら》して、命の火が尽きたあとも色香を誇らしげに見せつけて川面に漂《ただよ》っている。

引き上げられた女の死体が岸辺に横たえられていた。

北町奉行所与力であり、深川《ふかがわ》大番屋支配でもある大滝錬蔵《おおたきれんぞう》が膝を折って、かけられた筵《むしろ》をめくり骸をあらためている。手先をつとめる安次郎《やすじろう》が片膝をついて、死骸を覗《のぞ》き込んでいた。

少し離れて立つ河水《かすい》の藤右衛門《とうえもん》が、その成り行きを気にしながら野次馬たちの前で両手を広げ、探索の邪魔にならぬように動いている配下の男衆に視線を走らせていた。

河水の藤右衛門は深川七場所と呼ばれる三櫓や鷲《あひる》、門前仲町《もんぜんなかちょう》などの岡場所に料理茶屋十数店を持つ、

〈女と酒と肴《さかな》を売る〉

大商人《あきんど》というだけではなく、

〈深川で三本の指に入る顔役〉

でもあった。

〈顔役〉

といっても、やくざの一家を構える無頼ではなく、

〈御法度《はっと》の埒《らち》外にある岡場所で、法度の網の目をかいくぐる商《あきな》いをしている〉

半《なか》ば堅気、半ば無法の曖昧《あいまい》な立場にある者であった。

あくまでも、

〈深川に遊びに来るお客さんたちの身の安全を守る〉

ために、時としては、やくざ者と張り合い、いうことをきかぬ時には配下の男衆を総動員して、

〈やくざたちと事を構える〉

ことも辞さない覚悟の持ち主でもあった。

その河水の藤右衛門が、いつになく殺気だった気配をみせている。

錬蔵は女の骸をあらためながら安次郎に小声で告げた。

「感じぬか、いつもと違う」

さりげなく躰《からだ》を寄せた安次郎が、

「河水の親方の様子が、ですかい」

「おまえも気づいていたか、藤右衛門が『万難排してご出馬願いたい』と、おれを名指しで、政吉《まさきち》を大番屋に迎えに来させたときから、何かあるとおもっていたが」

「それが、十五間川に浮いた女の骸あらためだった、とは、とても、おもえねえ。そういうことでござんしょう。あっしも、そうおもいやす。いままでの長い付き合いの間、河水の親方の目に底光りのする凄《すご》みがみえたのは、初めてのことで」

安次郎が声をひそめた。

安次郎は、かつては竹屋《たけや》五調《ごちょう》との源氏名を持ち、深川の遊里で名を売った、毒舌が売り物の男芸者であった。二世《にせ》を契《ちぎ》った芸者に横恋慕したやくざ者と諍《いさか》いを起こし、成り行きで心ならずも殺してしまった安次郎を捕らえたのが錬蔵であった。錬蔵の情けある計らいで三年の所払いの軽い仕置きですんだ安次郎が江戸へ戻ってきたときには、恋女房になるはずだった芸者は行方知れずになっていた。

――その女の行方を探るにも何かと好都合ではないか
と錬蔵に口説かれ下っ引きとなった安次郎は女の非業の死を知った後も、

――このまま旦那のそばに置いていただきたいんで
と、錬蔵のもとに居着いてしまったのだった。

骸の顔を、しげしげと見つめた安次郎が、

「この女、どこかで見たような」

と小声でいい首を傾げた。

「見たことがあるはずさ。よくご存じの女だ」

そのつぶやきを聞き咎《とが》めたのか背後から声がかかった。

安次郎が振り向くと、いつのまに近寄ってきたのか藤右衛門が立っていた。錬蔵の傍《かたわ》らに膝を折り、安次郎に顔を向けた。

「人相が変わっちゃいるが門前仲町の芸者、君奴《きみやっこ》、だとおもうがね」

「君奴ですって。お紋《もん》ほどじゃねえが、かなり売れてる芸者じゃねえですか」

「そうだ。私も、ちゃんと君奴の顔を覚えているわけじゃない。それで富造《とみぞう》に、付き合いの深いお紋を、迎えに行かせている」

「親方、富造が帰《けえ》ってきやしたぜ」

野次馬の前に立って遮っている政吉が声をかけてきた。

三人が振り返ると、野次馬たちを掻《か》き分けて富造とお紋がやってくるのが見えた。

早足で歩み寄りながら藤右衛門にお紋が問いかけた。

「君奴さんのようだ、と富造さんから聞きましたが」

「私は、そういう気がするんだが、お紋さんに見てもらったほうが、はっきりするとおもってね。じっくりと見極《きわ》めてくんな」

立ち上がった藤右衛門が応えた。

「わかりました」

青ざめた顔で死体のそばに寄ったお紋が、錬蔵と安次郎に気づいた。

「旦那。旦那がいらしてたんですか」

と、錬蔵の傍らにしゃがみこんだ。

「政吉が迎えに来たんでな」

うなずいたお紋に横から安次郎がうながした。

「まずは顔あらためだ。しっかり頼むぜ」

「君奴ちゃんじゃないと、いいけどね」

独《ひと》り言《ご》ちたお紋が、じっと見つめた。

ごくり、と息を呑《の》む。

しばしの間があった。

溜息をついてお紋が目を閉じた。

「君奴のようだな」

錬蔵が問うた。

大きくうなずいたお紋が君奴の手を握った。

「どうして、どうして身投げなんかしたんだよ。悩み事があったのなら、なんで打ち明けてくれなかったんだよ。わたしが、わたしが力になってあげたのに。身投げなんか、させなかったのに。なんで、声をかけてくれなかったんだよ」

握りしめた君奴の手を揺すった。

君奴の骸に目を据《す》えたまま錬蔵がいった。

「身投げじゃねえ。君奴は、殺されたんだ」

はっと躰を強張《こわば》らせたお紋が、

「殺された？」

大きく目を見開いて錬蔵に顔を向けた。

「そうだ。殺されて重しをつけて十五間川に沈められたんだ」

驚愕にお紋が顔を歪《ゆが》めた。安次郎が口をはさんだ。

「どうして、それがわかるんで」

手を伸ばした錬蔵が、君奴の腰に何重にも巻きつけ縛りつけてある荒縄の端を手に取った。

縄の切れ目がぎざぎざに擦《す》れていた。擦れて細くなったあたりから縄が切れた、とおもわれた。

錬蔵が告げた。

「船頭が棹で何度か突いているうちに重しを括《くく》り付けていた縄が擦り切れたのだろうよ。それで死骸が浮き上がった」

「それじゃどうやって引導を渡したんで」

問いかけた安次郎に錬蔵が、

「これを見な」

君奴の顎《あご》に手をかけ顔を仰向《あおむ》かせた。剝き出しとなった喉《のど》に二ケ所、赤黒い痣《あざ》が残っていた。

「こいつは？」

「指の跡《あと》さ。おそらく首を絞めた跡だろう」

問いかけた安次郎に錬蔵が応えた。

「首を絞めるなんて。誰が、そんなことを」

喘《あえ》ぐようにお紋がいった。

「そいつを、これから、探り出そうというのさ」

筵を骸にかけ直した錬蔵が立ち上がって告げた。

「藤右衛門、すまぬが男衆に戸板を手配させてくれ。それと男衆の手を借りたい。君奴の骸を鞘番所まで運んでほしいのだ。安次郎を付き添わせる」

「承知いたしました。すぐにも手配いたします」

うなずいて藤右衛門が腰を屈《かが》めた。

二

政吉や富造たちに支えられて、君奴の骸が戴《の》せられた戸板に、安次郎とお紋が付き添って去っていく。

共に見送っていた藤右衛門が錬蔵に声をかけた。

「聞いていただきたい話があります。しばし、お付き合いいただけますか」

「君奴の骸にかかわりのあることか」

「まあ、そんなところで」

「詳しい話を聞こう」

「立ち話で終わる内容《なかみ》ではございませぬ。河水楼が間近。とりあえず座敷に上がってからのことにいたしましょう」

無言でうなずいた錬蔵に、浅く腰を屈めて踵《きびす》を返した藤右衛門が歩きだした。ゆったりとした足取りで錬蔵がつづいた。

「ここなら誰に話を聞かれても漏《も》れることはありますまい」

と、錬蔵を案内したのは帳場の奥の、いつも藤右衛門が店にいるときに使っている座敷だった。

向かい合って錬蔵と坐った藤右衛門は手を打って男衆を呼んだ。

顔を出した男衆に、

「茶を持ってきてくれ。その後は、大事な話がある。誰も近づけぬよう心配りしてくれ」

「わかりやした」

顎を引いた四十がらみの、がっしりした体軀《たいく》の目つきの鋭い男が錬蔵に頭を下げた。眉が薄いせいか、冷ややかで酷薄な顔つきにみえる。

「猪之吉《いのきち》といいます。男衆を束《たば》ねている男。向後《こうご》、顔を出すことがあるはず。お見知りおきください」

端《はな》から藤右衛門が引き合わせるつもりでいたことは、その物腰からわかった。

顔を猪之吉に向け、

「深川大番屋支配、大滝錬蔵だ。何かと面倒をかけることもあろう。よろしく頼む」

笑みを含んでいうと、猪之吉はあわてて顔の前で手を横に振って、

「もったいねえ。よろしく引き回してもらいてえのは、あっしのほうで」

と、深々と頭を下げた。

茶を運んで来て錬蔵と藤右衛門の前に置いた猪之吉は戸襖の外に坐り、手をついて、

「近くに控えております」

といい、戸襖を閉めた。

湯呑み茶碗を手に取り、一口、呑んだ藤右衛門が、

「うまい。同じお茶でも入れ方ひとつで違ってくる。何事も手を抜いてはいけませぬな」

とつぶやき、置いた。

無言で、錬蔵も茶を口に含んだ。茶葉のいい香りが口のなかに広がった。

藤右衛門が錬蔵を見つめて、いった。

「あの、君奴という芸者は悪い噂の絶えない女でしてね。男は取っ替え引っ替えだし、金にも汚い。あちこちで借金を重ねている。贔屓客《ひいき》から金を借りては躰で返すということを何度も繰り返しているということでして。そのくせ、気にくわない客の座敷は平気ですっぽかす。けど器量がよくて踊りも達者。その上、三味線を弾かせれば

深川で五本の指に入るほどの上手、ということでお座敷がかかる。真面目《まじめ》に務《つと》めていれば、お紋と五分に張り合えるほどの玉。まこと、もったいない話で」

「その物言いでは、君奴が殺された理由《わけ》に心当たりがありそうだな」

「おそらく足抜き屋の仕業《しわざ》かと」

「足抜き屋？」

「金に不自由している女に足抜きをもちかけ、足抜きの手助けをする。足抜きさせた女は、もちろん他の遊里に売り払うわけで。手にした金は女と足抜き屋で折半というところでしょうか。年季が明けるのにまだ間があるというのに、女には新たに金が入る。足抜き屋は、危ない橋は渡ることになるが、元手入らずで一儲《ひともう》けできる。双方にとって、仕掛けて損のない話でして」

「深川で足抜き屋が動いている気配があるのか」

「この一月で四人ほど、足抜きしたとおもわれる遊女がおります」

「行方《ゆくかた》知れずではないのか」

「行方をくらました女から親に宛てた荷が届いております」

「どうして女が飛脚を使ったとわかる？」

「日頃、飛脚に縁のない長屋暮らしをしている貧しい親たちでございます。飛脚が荷を届けにくるなど、まずはあり得ないことでございます」

「飛脚が荷を届けに来たことが、よくわかったな。男衆に女たちの親の長屋を見張らせていたのか」

「左様でございます」

「猪之吉が頭《かしら》か」

錬蔵は猪之吉の、いかにも冷酷そうな顔を思い浮かべた。

「ねちっこい質《たち》のようだな、猪之吉は」

「探索事が大好きな男で。顔に似ず、気はいい男なのですが、どうも顔つきで損をしているようです」

笑みを含んで藤右衛門が応えた。

「そうか。気はいいのか、猪之吉は」

錬蔵も微笑んでいった。

姿勢をただした藤右衛門が錬蔵を見据えた。

「実は、大滝さまを迎えに鞘番所へ政吉を差し向けたのには理由《わけ》がございます」

「聞こう、その理由とやらを」

「足抜き屋が足抜きだけを仕掛けてくる間なら、わたしの配下だけで何とかいたしますが、人死にが出たとなると大滝さまに乗り出してもらわねば、どうにもなりませぬ」

「端から十五間川に浮いた骸は君奴だとわかっていたようだな」

「九分九厘は。より見極めるために君奴と付き合いのあったお紋を呼びにいかせたというわけで」

「お紋と君奴の付き合いは深かったのか」

「同じ頃、芸者になった仲というだけのことでして。何かと悪い噂の多い君奴と付き合っていたのは、お紋だけといった方がいいのかもしれません」

「そうか。お紋だけが君奴と、な」

気質からみてお紋なら、ありそうなことだと錬蔵はおもった。

日頃は鼻っ柱の強いところだけが目立つお紋だが、触れ合ってみると、他人のいいところを見いだし、そこを上手く引き出して付き合っていくという、優しさと粘《ねば》り強さを持っていることに錬蔵は気づいていた。

(おそらく決して豊かではなかった日々の暮らしのなかで培《つちか》われてきたことなのだ)

とのおもいがある。

当然、生まれつき備わっていた気質もあるのだろう。貧しさのなかで挫《くじ》けることなく、自分なりに精一杯生きていくためには、かかわる相手とわかり合い、譲り合っていかないかぎり、破綻《はたん》の少ない世渡りができないはずであった。おのれの欲を満たすためだけに動けば、諍いは尽きない。自明の理であった。

お紋が、あらゆるときにみせる、

〈ほどの良さ〉

は、半ば習慣的に他人のことに気を配る心遣いから生み出されていることを、錬蔵は感じ取っていた。

（おそらくお紋は、お紋なりに君奴の良さを見いだして、付き合っていたに違いない）

そう判じた錬蔵は藤右衛門に問うた。

「君奴が、身持ちが悪かったり、金に汚かったりすることには、それなりの理由があったのではないのか。そうしなければならぬ事情が、どこかにあったと考えられぬことはないのか。何か気づいたことがあったら教えてくれ」

ふむ、と藤右衛門が首を捻《ひね》った。

錬蔵は黙然と藤右衛門のことばを待っている。

河水楼の座敷のどこかで、どこぞのお大尽《だいじん》が大がかりな酒宴を開いているのか、三味線に鉦《かね》や太鼓が重なった音が聞こえてくる。

ややあって、ぼそりと、

「河水の藤右衛門としたことが、これは、ちと迂闊《うかつ》でした」

とつぶやいた。

「迂闊とは？」

問い返した錬蔵に藤右衛門が、

「君奴のお父《と》っつぁんというのは昔は腕のいい大工だったそうですが、酒の呑みすぎで病に倒れ、いまでは寝たり起きたりの暮らしだそうで。そのくせ、酒はやめられず、浴びるほど呑んでは病が悪化するの繰り返しで、薬代が半端な金高ではないと聞いております」

「君奴は、そんな父親の面倒をみているというのか」

「小言をいいながらも見放すことなく、暇をつくってはお父っつぁんの住み暮らす裏長屋に出向いて世話をしているようで。幼い頃、おっ母《か》さんを流行《はやり》病で亡くし、父ひとり子ひとりでの暮らしをつづけてきた君奴。考えてみれば親孝行とも取れる話ですな」

「そんな父親を抱えていれば、多少の稼ぎがあっても足りることはあるまい。足りなければ借金を重ねることになるは必定。男を頻繁に取り替えるのも君奴なりの理由があることかもしれぬな」

首を傾げた藤右衛門が、

「あるかもしれませぬな」

とことばを切り、錬蔵を見つめて、つづけた。

「君奴はなぜ殺されたのでしょう。足抜き屋にすすめられるまま足抜きする気になったが話を詰めていくうちに嫌気がさしてその気がなくなった。で、そのことを足抜き屋に告げたら揉《も》めだし、はずみで殺された、といったところでしょうかな」

「おそらく、そんなところだろう。足抜きを持ちかけた相手が足抜きしない、といいだした。野放しにしたら自分たちの正体をあちこちで喋《しゃべ》られるかもしれない。それならば口を封じたほうがいい、と足抜き屋は考えたのかもしれない」

「いままで何度か足抜き屋が深川の岡場所で暗躍したことがあります。その都度二、三人の女たちを足抜きさせて、姿を消しました。が、今度のように四人も立て続けに足抜きさせ、あげくの果てに仕掛けた女まで殺した、というのは初めてのことで。いままでの足抜き屋と違って、此度《こたび》の足抜き屋には何やら兇悪無惨なものが感じられます」

「君奴殺しを探索するは御上《おかみ》より十手捕縄を預かる町奉行所の仕事。殺しの下手人をあぶり出さずにはおかぬ」

「それでは大滝さまには、すぐにも探索に仕掛かっていただけますので」

「それがおれの務めだ。頼まれなくとも、やるべきこと」

「お役に立つかどうかわかりませぬが、わたしが猪之吉ら男衆に調べさせたことを書付にまとめまする」

「ありがたいことだ。おれからも、ひとつ頼みがある」

「何なりと」

「このまま足抜き屋の探索はつづけてくれ。できれば調べ上げたことを互いに教え合うことにしたい。さすれば事件の落着は早まる」

「願ってもないこと、承知いたしました」

破顔一笑して藤右衛門が深々と頭を下げた。

三

近くに舟蔵があることから俗に〈深川鞘番所〉あるいは、ただ〈鞘番所〉と呼ばれることの多い深川大番屋へ錬蔵がもどったのは、九つ（午前零時）を告げる時の鐘が鳴り終わった、日をまたいだ頃合いであった。

門番所の表門の物見窓ごしに声をかけた錬蔵を迎えに出て門脇の潜り戸を開けたのは、意外にも安次郎だった。門番所のなかで錬蔵の帰りを待っていた、とおもえた。錬蔵より早く帰ったときには、日頃は長屋にいる安次郎であった。

「何かあったのか」

問いかけた錬蔵に安次郎が、

「お紋がね、引き上げないんですよ、鞘番所から」

困惑が顔に浮いていた。

「お紋が？」

「へい。『お通夜がわりに一晩、君奴のそばにいてやりたい』といい張りますんで。ここは鞘番所だ、御上の御役所なんだ、我が儘《まま》は通らねえよ、といい聞かせたんですが、どうにも、強情なこと、この上なしで」

よほど弱り果てているのか安次郎が溜息をついた。

「お紋は、どこにいる」

「拷問部屋で。君奴の死体のそばに身動きひとつしないで坐り込んでます」

「拷問部屋か。まずは、様子を見てみよう」

「そうしていただければ助かりやす。あの威勢のいいお紋がひとりぽつねんと青菜に塩の体《てい》で坐っている姿を見ると、どうも邪険には扱えなくて」

安次郎なりにお紋の気持を察しているようだった。わかっているからこそ、杓子定規《しゃくしじょうぎ》には扱えないのだろう。

拷問部屋へ向かいながら錬蔵は一歩遅れてついてくる安次郎に話しかけた。

「君奴の評判は、あまり芳《かんば》しくないようだな」

「河水の親方が仰有《おっしゃ》ってましたか。噂を聞くかぎり、あまり感心したものじゃありませんや。それが、どうしたものか、お紋とだけは付き合う。お紋は、根っこが生真面目な女だ。いつでも堅気の暮らしにもどれる質だと、あっしはおもいやす。が、君奴は違う。やたら気が強くて、自分勝手で人の迷惑なんざ、まったく考えねえ、ときている。男芸者をやってる頃から見てきましたが、ふたりは、一見、よく似ておりやす。威勢がよくて、向こう意気が強い。美人だし、芸もうまい。好き嫌いは、はっきり表すが客あしらいも悪くない。よく考えると似たところが、いっぱいあるんでさ。が、根っこが、ね。大きく違う。お紋は、ひとつひとつ地道に積み上げていく気質だが、君奴は、その場限りでいい加減だ。だから、まともに付き合う相手ができない。

「男も、取っ替え引っ替えだと、藤右衛門がいっていた」
いつもひとりだ」

「長続きしないんでさ、誰とも。昔、君奴の情夫《いろ》だった男と付き合いがありやしてね。そいつがいってました。君奴の気まぐれにはついていけねえ。さっきまで機嫌がよかったかとおもうと急に突《つ》っ慳貪《けんどん》になる。相手をしないと怒り出す。摑《つか》み合いの喧嘩なんか、しょっちゅうだった。思い出しただけでも腹が立つ、と口を尖《とが》らせて、いってやした。もっとも、その野郎、さんざん君奴から小遣いをせびり取っていたようで。その野郎に銭を渡すために、君奴は借金までしてたって話でしたぜ」

「そうか。男に貢《みつ》ぐために借金をしていたというのか」

病で寝たり起きたりしているくせに呑んだくれの父親を見捨てることなく何くれと面倒をみている、との藤右衛門のことばを錬蔵は思い出していた。

（君奴は存外、面倒見のいい気性だったのかもしれない）

ふと湧いたおもいであった。

が、面倒見がいいのなら次々と男を取り替える理由がわからない。

（しょせん、おれは男と女の機微には疎《うと》い、野暮な男なのだ）

胸中で錬蔵は苦笑いを浮かべていた。

拷問部屋は間近であった。

拷問部屋には覗《のぞ》き窓が造り付けてある。土間の廊下側の、ふだんは閉じてある小さな引き戸を開くと格子窓ごしに拷問部屋のなかが覗ける仕掛けであった。

覗き窓の前で足を止めた錬蔵は音を立てぬように引き戸を開いた。

拷問部屋の一隅には石抱きのための石が積んであった。梁《はり》から間隔を置いて二本の綱が下がっている。巻いて輪の形にした革の一本鞭が備え付けの留め金にかけられ、先の割れた竹の棒、木刀などが無造作に壁に立てかけてあった。その壁には科人《とがにん》を縛り付ける半円の金具が取り付けられている。

その拷問部屋の真ん中に戸板を敷物がわりに君奴の骸が横たえられていた。顔の近くにお紋が座している。筵の上に坐っていた。

「土間に直《じか》に坐らせるわけにはいかねえんで、拷問部屋のなかにあった筵を敷いてやりやした」

背後から顔を寄せた安次郎が小声で錬蔵に告げた。

振り向くことなくうなずいた錬蔵は、お紋に目を注いだ。

君奴にかけられた筵は腰のあたりまで、めくられていた。

お紋が君奴の乱れた髪を指でととのえてやっている。一本一本を丁寧《ていねい》に撫《な》でつけていた。その仕草のひとつひとつが、いかにも親しい者との別れを惜しんでいるかのように錬蔵にはおもえた。

明かりひとつない薄闇のなかに朧《おぼろ》に浮かぶ、華やかに着飾った、お座敷姿のお紋と戸板に横たわる君奴の骸。およそ不釣り合いな景色であった。が、なぜか、しっくりとひとつの形におさまっている。

不思議だった。

錬蔵は身じろぎもせず、その光景を見つめた。

いま、お紋は君奴とふたりだけの世界にいる。そこは、現世《うつしょ》からは遠く離れた処《ところ》にみえた。

（邪魔をしてはならない）

不意に湧いたおもいが、それであった。

引き戸を閉めようとした錬蔵の動きが止まった。

目を見開く。

目線の先に、姿勢をただしたお紋がいた。お紋は、三味線を弾く形に躰をととのえていた。

じっと見入った錬蔵の前で、お紋は三味線を弾き出していた。左の指が細かく動いて三弦を押さえている。右の手は撥《ばち》を持った形をつくっていた。

口元が動いている。

が……。

その口から声は漏れていなかった。

三味線を弾く仕草をしながら、お紋は常磐津《ときわず》の文句を口ずさんでいるのであろう。

——君奴は三味線を弾くのが巧《たく》みで、深川では五本の指にも入ろうというほどの上手でございました

との藤右衛門のことばが耳に甦《よみがえ》った。

お紋は、たしかに三味線を弾いていた。

その目には光るものが浮いている。やがて、それは溢《あふ》れ出て、頬を伝って落ちていった。

お紋は、溢れさせた、その涙を拭おうともしなかった。ただひたすらに三味線を弾く仕草をつづけ、常磐津を口ずさんでいる、とみえた。

瞬《まばた》きひとつすることなく、錬蔵はお紋を見つめつづけている。

錬蔵の耳には、お紋の弾く三味線の音が聞こえていた。

強く。

弱く……。

あるときは、早く。

あるときは、緩やかに……。

そして、激しく。

絶えることなく三味線の音は響き渡った。

お紋が謡《うた》う常磐津の声が、錬蔵のこころを揺らした。

錬蔵はお紋に宿った悲しみを、心の奥底でしかと受け止めていた。

やがて……。

静かに目を閉じた。

「経文がわりの三味線《しゃみ》の音《ね》か」

おもわず錬蔵は口に出していた。

「何か仰有《おっしゃ》いましたか？」

「ただの独《ひと》り言《ごと》だ」

聞き咎めた安次郎の問いかけに応えて錬蔵は覗き窓を閉じた。

「今夜、拷問部屋を使うことはない。お紋は、このままにしておこう」

「できれば、そうしていただければと、おもっておりやした。お情けのほど、お紋に代わって礼をいいやす」

鼻先を指でこすった。

無言で微笑み、錬蔵は踵を返した。安次郎が後につづいた。

歩き去りながら錬蔵は、お紋の掻《か》き鳴らす三味線の音と口ずさむ常磐津を聞いていた。ほかのだれにも聞こえぬものであった。

それは、お紋のこころが錬蔵のこころを震《ふる》わせて響かせているものであることを、錬蔵は強く感じ取っていた。

その三味線の音と常磐津は、どこまでも錬蔵に追いすがり、まとわりついて離れなかった。

が……。

錬蔵は、気づいていなかった。

お紋のおもいが、なぜ、これほどまでにおのれのこころに食い入ってくるのか。そのもとが、錬蔵の奈辺《なへん》にあるのか。

おそらく、決して、気づくことはないであろう。

その証《あかし》に……。

錬蔵は三味線の音とお紋の常磐津の声をこころで聞きながら、向後の探索の手立てを考えはじめていた。

(足抜き屋の手がかりを得るには、この一月の間に君奴と近づきになった輩《やから》を辿《たど》るが一番かもしれぬ)

錬蔵は、さらに思案を押しすすめた。

四

翌朝、薄明のなか、長屋の庭で錬蔵と安次郎は木刀を手に丁々発止《ちょうちょうはっし》と打ち合っていた。

安次郎は町人ながら足繁く本所《ほんじょ》の無双《むそう》流の道場に通い剣の修行を積んできた。入門して十数年目に師から、

——実力は皆伝
と太鼓判を押されたほどの腕前であった。

が、安次郎が皆伝の免状を受けることはなかった。堅気の衆に無頼たちがいわれなき乱暴狼藉《ろうぜき》を日常茶飯事《さはんじ》にくわえる無法地帯ともいうべき深川で生まれ育った安次郎

は、

〈自分の身は自分で守るしかない〉

と腹を括《くく》り、剣の修行に励んだのだった。

ふたりは激しく木刀をぶつけ合い、飛び離れた。

木刀を下ろして安次郎がいった。

「これまで、とさせてください。朝飯の支度にかかりやす」

「いつも、すまぬ。おれは、もう少し、木刀の打ち振りをつづける」

「いつも感心しておりやす。旦那ほどの腕なら少しは鍛錬を怠っても、まず後れを取ることはありますまい。それを日々、時をつくっては修練される。なかなか出来ないことで」

応えた錬蔵に手の甲で額の汗を拭いながら安次郎がいった。

無言で、錬蔵は笑みを返した。錬蔵は鉄心夢想《てっしんむそう》流の遣い手であった。

「それでは」

小さく頭を下げて安次郎が長屋へ足を向けた。

再び錬蔵は大上段に木刀を置いた。振り下ろす。地面すれすれで切っ先《さ》を止め、再び振り上げ大上段に木刀を置いた。再び、振り下ろす。空気を切り裂く音が、鋭く響いた。

着替えて台所の土間に降り立った安次郎は、二つ折りした一枚の紙切れが表戸に挟み込まれているのに気づいた。

歩み寄って紙片を手に取る。開くと、

〈帰ります　お紋〉

と書いてあった。文字が太くて、紅色《あか》だった。おそらく唇にさす紅《べに》を指につけて書いたのだろう。

「涙で化粧もはげ落ちているはず。そんな顔を旦那に見せたくない気持もわかるが、挨拶ぐらい、していきゃいいのに。その方が、気が晴れるってもんだぜ」

そういって紙切れを二つ折りして懐におさめた。

竈《かまど》へ向かいかけて足を止めた。

首を捻った。

懐からお紋の残した紙切れを取り出し、開いた。

じっと見つめる。

うむ、と大きくうなずいた。

五つ（午前八時）に錬蔵は大番屋の用部屋へ入った。安次郎が出かけるときに、

「お紋が帰りしなに置いていった書付を二つ折りして用部屋の文机《ふづくえ》の上に置いてありやす」

といったことばが気にかかっていた。

文机の前に坐る。

それは、文机の右側に積み重ねた願い書などの書付の上に置かれていた。

手に取って開く。

紅で書かれた文字が目に飛び込んできた。

〈帰ります　お紋〉

とだけ書いてある。

脳裏《のうり》に、横たわる君奴の骸のそばに坐り、三味線を弾く格好をしながら声を発することなく常磐津を口ずさむお紋の姿が浮かんだ。

（一言《ひとこと》声をかけてくれれば慰めのことばのひとつもかけてやれたろうに）

とのおもいが強い。

二つ折りした紙片を錬蔵は文机の左側に置いた。目を通した書付は、すべて文机の

左側に置くと決めていた。

松倉孫兵衛《まつくらまごべえ》、溝口半四郎《みぞぐちはんしろう》、八木周助《やぎしゅうすけ》、小幡欣作《おばたきんさく》ら鞘番所詰めの同心たちの復申書を手にした。

よほどの捕物に仕掛かっているとき以外は、前日の復申を翌朝に文机の上に置いておくと取り決めてあった。

溝口、八木、小幡の復申書には、

〈見廻りの一帯に、特に異変なし〉

とあった。

が、松倉のものには、

〈見廻りの途上、洲崎《すさき》の漁師より訴えあり。昨日夕刻、三艘の船に分乗した長脇差を腰に帯びたやくざとおぼしき男たち約三十名、江戸湾より洲崎に漕ぎつけ船を岸へ運び上げて、いずこかへ姿を消した由《よし》。船三艘は、そのまま放置されたままで動かされた様子がない。男たちがどこへ消えたか、皆目見当がつかぬ故《ゆえ》、訴え出た由〉

との異変が記されていた。

昨日、と書いてあるということは、現実には、

〈一昨日〉

ということになる。

三十名ほどのやくざとおぼしき男たちが洲崎の岸に上陸し姿をくらました、となると、ほうっておくわけにはいかなかった。

手を打って錬蔵は取り次ぎの小者を呼び、

「松倉に急ぎ、おれのところへ顔を出すようにつたえてくれ」

と命じた。

やがて……。

廊下を小走りに来る足音が聞こえた。用部屋の前で立ち止まった。

「松倉です」

「入れ」

戸襖が開けられた。錬蔵と向かい合って松倉が座した。

「急ぎの用とは？」

顔に緊迫がみえた。

「洲崎の漁師が訴え出たことだが、三艘の船が、いまだ洲崎の岸に運び上げられたままかどうか、たしかめたか」

問いかけた錬蔵に、

「それは」

と松倉が口ごもった。

「まだ、あらためていないようだな」

「直ちに」

腰を浮かしかけた松倉に、

「そうしてくれ。それと、訴え出た漁師をたずね上陸した三十人ほどのやくざがどの方向へ消えたか行方をたどってくれ」

「は」

立ち上がった松倉に錬蔵が、

「前原《まえはら》を連れて行け。探す相手は三十人もの多勢。万が一のこともある。ひとりより、ふたりの方が心強いだろう。長屋にいるはずだ」

「心遣い痛み入ります。声をかけ共に出かけまする」

「徒党《ととう》といってもおかしくない数。しかも長脇差を帯びたやくざとおぼしき男たちだ。何を為《な》すかわからぬ。心してかかれ」

「胆《きも》に銘《めい》じておきます」

顔をひきつらせて松倉が頭を下げた。

戸襖を閉め、小走りで歩き去る松倉の足音を聞きながら、錬蔵は前原におもいを馳《は》せていた。

前原伝吉《でんきち》は以前は北町奉行所同心で錬蔵直下の者であった。妻が渡り中間《ちゆうげん》と駆け落ちしたのを恥じて、

〈役を辞す〉

旨《むね》の書付を残し行方をくらました過去の持ち主である。深川大番屋支配を命じられた錬蔵と深川で再会したときには世を拗《す》ね、やくざの用心棒暮らしに荒《すさ》んだ日々を送っていた。が、錬蔵の説得に、

〈今一度、真摯《しんし》に生きてみたい。おのれの力を試してみたい〉

と安次郎と同格の下っ引きの身分で務めに励んでいる。

いまも用心棒のころと変わらぬ木綿の小袖に袴《はかま》という尾羽《おは》うち枯らした出で立ちで、単身、深川の町々を見廻っている。いわば隠密廻りを得手とする者であった。

〈前原が出向けば、必ず焦臭《こげくさ》い何かを嗅《か》ぎ出してくるはず〉

腕を組んで、錬蔵は、うむ、と唸《うな》った。

——足抜き屋騒ぎ
——君奴殺し

――一家とおもえる得体の知れぬやくざの出現いずれも探索するには厄介《やっかい》な事柄であった。

（まずは、ひとつずつ潰《つぶ》していかねばなるまい）

どの一件の手がかりが先に摑めるか、皆目見当がつかなかった。

（手がかりを拾えたものから片付けていくしかあるまい）

腹をくくって錬蔵は中天を見据えた。


井戸端でお俊《しゅん》が洗濯をしている。手伝っているつもりか、佐知《さち》と俊作《しゅんさく》の姉弟《きょうだい》がふたりで釣瓶《つるべ》で水を汲み上げていた。

あたふたと小走りでやってきた松倉に気づいてお俊が立ち上がった。

「松倉さん、どうなすったんです」

焦った顔つきで松倉が問うた。

「前原はいるか」

「いま座敷で見廻りに出る支度をととえていらっしゃいます」

「それはよかった。仕事熱心な前原のこと、出かけたのではないか、と心配しておったのだ」

行きかけた松倉にお俊が、

「あの、わたしで役に立つことでしたら」

足を止めた松倉が顔を向けた。

「いまは、いまのところは、何もない」

「いつでも声をかけてください」

「そのときは、頼りにしてるぞ」

いそいそと前原の長屋へ向かう松倉を、お俊は無言で見送った。

お俊は元は女掏摸《すり》だった。が、いまは心を入れ替えて、錬蔵の手先を務める前原伝吉の七歳になる娘、佐知と五歳の息子、俊作の面倒をみながら、前原があてがわれた長屋に居候《いそうろう》している。女掏摸だったこともあって動きがよく、勘も鋭く、いまでは捕物の手助けもするようになっていた。

長屋の表戸を開けようと松倉が手を伸ばしたとき、表戸がなかから開けられた。

鉢合わせ同然にふたりは見合った。

「いかがなされた」

「急ぎの御用だ」

ほとんど同時に前原と松倉が声を発していた。

間髪《かんはつ》を入れず前原が問うた。

「御用の筋と申されたが」

唾《つば》を呑み込んで松倉が告げた。

「御支配の命令だ。一緒に洲崎へ出かけてもらいたい。岸辺を歩きまわることになる」

「洲崎へ？」

「仔細は歩きながら話す。ひょっとしたら身共《みども》は、大失態を犯しているかもしれぬ」

「大失態？」

「御支配の物言いでわかる。御支配は勘の鋭いお方だ。凶事の臭いを感じ取っておられるのかもしれぬ」

目をしばたたかせて松倉がいった。

しばしの沈黙があった。

外へ出て、前原が応えた。

「まずは洲崎へ出向くが先。出かけましょう」

表戸を閉め歩きだした。

「そうじゃ。まずは急がねばならぬ」

急ぎ足で松倉がつづいた。

洲崎は、洲崎弁天《べんてん》の別当《べっとう》、吉祥寺《きちしょうじ》の門前町から久右ヱ門《きゅうえもん》町までの、洲崎弁天の西側に広がる東西二百八十五間（五百十八・七メートル）、南北三十間（五十四・六メートル）あまりの一帯の俗称である。江戸湾に面しており、しばしば高波が押し寄せ、建ちならぶ茶屋や蕎麦《そば》屋、茶店、町家などに浸水した。水害の多い一帯で嵐の日には住民は避難を余儀なくされた。

雲ひとつない、青く澄み渡った空と穏やかな海の紺碧《こんぺき》が、それぞれの美しさを競っていた。

東には海に突き出た上総《かずさ》、安房《あわ》の遠山《えんざん》、南には羽田《はねだ》や鈴《すず》ヶ森《もり》の砂浜からつらなる松林、西北には勢威を誇って聳《そび》える千代田《ちよだ》城、その向こうには筑波《つくば》山がおぼろな姿を浮かせている。

前原と松倉は洲崎弁天の表門から海辺へ延びた柵の水際から歩き始めた。ゆっくりとすすんでいく。

漁師たちが海へ出ているのか漁舟《いさりぶね》が沖合のあちこちに浮かんでいた。

「漁師たちが漁に出ている刻限。早く鞘番所を出てきて幸いでした」

話しかけた前原に松倉が顔をほころばせて応えた。

「漁舟がもどってきたら放置されたままになっている舟か漁舟か、見分けがつきにくくなるからな」

ふたりは水辺すれすれに歩いて行く。

すぐに三艘の船は見つかった。

近寄ると、土手に運び上げられた三艘の船のそれぞれが、深々と地面に打ち込まれた真新しい杭に繋がれているのがわかった。

「あらかじめ船を繋ぐ杭まで用意していたということは、端から、しばらく深川に留まるつもりとみましたが」

船のまわりをあらためながら前原がいった。

「如何様《いかさま》。何の目的があって深川へ長逗留《とうりゆう》するつもりでやってきたか調べ上げねばなるまい」

「手分けして聞き込みにまわりましょう。松倉さんは訴え出た漁師を見つけ出し、やくざとおぼしき男たちがいずこへ消え去ったか探ってください」

「御支配は、ふたり一緒に行動せよ、と申されたが」

「聞き込むだけなら襲われる気遣いはありますまい。ふたりで三十人もの多勢を相手にしたら、とても勝ち目はありませぬ。御支配は、そのこと、よく承知しておられます」

「そうであったな。三艘の船が放置されているのは、この目でしかと見極めた。やくざたちの行方を追う。まずは、そのことに仕掛かるが大事だろう」

「入船町《いりふね》、佃、石置場と岡場所がつらなるところを聞き込みます」

「身共は漁師を見つけ出し話を聞いてから吉祥寺門前町、久右ヱ門町とまわることにしよう」

「深川は、やくざの縄張りが細かく入り組んでいる土地《ところ》。三十人ほどのやくざとおぼしき男たちが乗り込んできたとなると必ず噂になるはず。行方をたどるのは、そうむずかしいことではないかとおもわれますが」

「そう願いたいものだ。どれ、聞き込みに仕掛かるとするか」

「では」

小さく頭を下げ前原が入船町へ向かって歩きだした。左右を見渡した松倉は、岸辺に建てられた粗末な漁師小屋を見つけた。ゆったりとした足取りで漁師小屋へ向かって歩をすすめた。

五

十五間川はいつもと変わらぬ様子で、降りそそぐ陽光に波紋を燦《きら》めかせていた。昼前だというのに深川へ遊びに来た大店《おおだな》の主人《あるじ》とみえる、絹の羽織を羽織り、小袖を身にまとった五十過ぎの、でっぷりと肥《ふと》った男を乗せた猪牙舟がゆっくりと三十三間《さんじゆうさんげん》堂《どう》の方へ漕ぎ去っていった。

河岸道を行く者たちは、昨夜、この川へ君奴の死体が浮いたことなど、とっくに忘れ去ったかのようにみえる。

そこには、いつもと変わらぬ櫓下の景色があった。

岸辺に立ち、川面を眺めるふたりの男がいた。錬蔵と河水の藤右衛門であった。

手がかりとなるものが何ひとつなかった。

「いままで調べ上げたことを書付にまとめて届けさせましょう」

と藤右衛門がいってくれたが、待ちきれぬかのように河水楼まで足を運んできた錬蔵であった。

いま、安次郎が、足抜き屋の探索を仕切った猪之吉からその仔細を聞き取っている。

「話が終わるまで付き添っていても時間《とき》を無駄に費《つい》やすだけのような気がします。そこらへ散策と洒落込《しやれこ》みませぬか。陽差《ひざ》しも柔らかくていい。八幡宮《はちまんぐう》へでも出かけて、たまには男ふたり雁首《がんくび》ならべて茶店で団子《だんご》など食するのも一興《いっきょう》かと」

と藤右衛門がいい、錬蔵が誘いに乗ったのだった。

が、ふたりの足は富岡《とみおか》八幡宮には向かなかった。行き着いたのは君奴の死骸が浮いた十五間川の川縁だった。

ふたりは、しばし黙って水の流れを見つめている。

口を開いたのは河水の藤右衛門だった。

「何か、ありましたかな、この深川に」

「わかりますか」

応えた錬蔵に、

「大滝さまのこと、少しはわかっておるつもりでございます。君奴には可哀想だが、足抜き屋とかかわりを持ったとおもわれる遊女が口封じに殺されたごときの一件で、わざわざ河水楼まで足を運ばれるとはおもいませぬ。わたしのところにいらっしゃったということは、深川の地に何か異変が起きたのではないか、との予感があってのこと、と推量いたしましたが」

「人手が足りぬ」

「と、申しますと」

「此度は、藤右衛門の力を借りねばならぬかもしれぬ」

そのことばに藤右衛門は応えようとしなかった。

口を噤《つぐ》んでいる。

櫓《ろ》のきしんだ音を残して猪牙舟が行きすぎていった。

漕ぎ去るのを待っていたかのように藤右衛門が口を開いた。

「深川の遊里はすべて岡場所。わたしは岡場所の茶屋の主人《あるじ》。岡場所は公儀の認許を受けることなく女の躰を売り買いするところでございます。いうなれば、私めは御法度の埒外にいる者、科人同様の立場にある者でございます。大滝さまは、この深川では御上の権威を背に御用を取り仕切るお方。真反対に近い身の私めに力を借りたい、といわれるなど、とんでもないこと。お立場に障《さわ》るのではありませぬか」

川面を見つめたまま錬蔵が応えた。

「一昨夜、長脇差を帯びたやくざとおぼしき三十人ほどの男たちが三艘の船に分乗し洲崎の岸に上陸した」

「その奴らの行方が知れぬのでございますな」

「いま、調べさせている」

「それは……」

といいかけて藤右衛門が口を閉じた。

十五間川の川面に目を向ける。

重苦しい沈黙が流れた。

と……。

永代寺《えいたいじ》を居場所とする鳩の群れであろうか、一斉に境内《けいだい》から羽音を響かせて飛び立った。

空で円を描いている。

行く手を見定めるためか、何度か旋回して少し離れただけの八幡宮の境内めがけて飛んでいった。

羽音が遠ざかるのを待って藤右衛門が意を決したように口を開いた。

「深川を守らねばなりませぬ。深川は安心して遊べる岡場所。無法なことなど、どこにもない。そういう深川にせねばなりませぬ。河水の藤右衛門は女の色香と躰、酒と肴を売り物にする商人でございまする。御法度の埒外にいても商いの舞台の安泰は保たねばなりませぬ」

「おれの務めは、深川の地に住む町人たちの安らかな暮らしを日々守り抜くことだ。そのためには手立ては選ばぬ」

「河水の藤右衛門、此度は、私から望んで手伝わせていただきます。この深川の安穏《あんのん》を守るため、細かいお指図をお願いいたしまする。足抜き屋の探索に仕掛かっている猪之吉はじめ政吉、富造ら十人ほど、私のためなら、いつ命を捨ててもよいと覚悟を決めている者たち。ご自由にお使いくださいい」

「心遣い、すまぬ」

微《かす》かに頭を下げた錬蔵に、

「いえいえ。すべて、この深川のため、私めの商いのためでございまする」

そう応えて藤右衛門は笑みを浮かべた。

洲崎の海辺に立ち、松倉は漁舟が戻ってくるのを待っていた。

実のところ、松倉は訴え出た漁師の名を失念していた。錬蔵から、漁師の名を聞かれなかったのを幸い応えなかったことが、いまでは後悔の種になっていた。前原も当然のことながら、松倉が漁師の名を知っている、と信じ込んでいる。そのことは、前原の言動からみても、はっきりしていた。

下っ引きに聞けばわかるかもしれない。が、錬蔵からいわれて、おのれの失態に気づき、押っ取り刀で飛び出してきたも同然の松倉だった。

いつもは下っ引きたちが鞘番所の同心詰所へ顔を出し、ともに見廻りに出る。刻限からみて、下っ引きたちはとうに同心詰所へ顔を出しているはずであった。おそらく、何の指示も残さずに出かけた上役の振る舞いに首を傾げても、どう動いていいかわからず、ぼんやりと同心詰所に坐り込んでいることであろう。

調べに手落ちがあったことを松倉は溝口ら同心仲間に知られたくなかった。それゆえ、一言の伝言も残さず鞘番所を後にしたのだった。いまさら、おめおめと鞘番所にもどれぬような気がして、松倉は水辺で漁師たちが漁を終えて戻ってくるのを、ただ待っているのだった。

土手に坐り、海原《うなばら》を眺めているうちに、うとうとと眠くなった。

海から吹いてくる風は冷ややかだったが、何よりも陽差しがほどよく松倉の躰を温めてくれていた。

いつのまにか松倉は眠気を催していた。開こうとしても瞼《まぶた》が閉じてくる。うつらうつらしているうちに、がくり、と大きく頭を揺らして、はっと目覚め、顔を振って眠気を払おうとする。が、それも長くはつづかなかった。日だまりのこと、不覚にも松倉は首を胸に落として、すやすやと寝息をたてていた。

冬の陽が松倉の安らかな眠りを妨げることがないように気づかってか、柔らかな陽差しで、その躰を包み込んでいる。


入船町から二十間川《にじっけん》沿いに佃町へと足をのばした前原は、顔なじみの佃《つくだ》一家の三下から奇妙な話を聞き込んでいた。

昨日、親分の用事で入船町にある弁天一家に出かけたが表戸が閉まっている。裏へまわってみたが、やはり裏戸も閉まっている。

で、また表へもどって中の様子を窺《うかが》ったり、表戸をがたがたと揺らしてみたが、何の返事もない。で、仕方なく引き上げてきた、というのだ。

「一家総出で、どこぞへ出かけたんじゃねえのかい」

と前原が聞いたら即座に三下が応えた。

「弁天一家の三下には幼なじみもおりやす。別の一家とはいっても、たがいの縄張りをきっちりと守り合っている仲。いつ賭場《とば》を開くだの、どこぞの料理屋で子分たちの寄合があるなど手に取るように噂が入ってきまさあ。それに、やくざの一家ですぜ。

小競《こぜ》り合いはしても大喧嘩になるようなことはないといっても、留守の間に何があるかわからねえ。子分の何人かは、必ず居残っているものでさ」

「夜逃げでもしたんじゃねえのかい」

悪戯《いたずら》っぽい笑みを浮かべて前原が問うたら、露骨にしらけた顔つきとなった三下が、

「深川の一家は食うには困りませんよ。先生だって、よくご存じじゃありませんか。深川の岡場所は御法度に外れた遊里ですぜ。やくざが御上《おかみ》の動きに目ぇ光らせて守っているからこそ安心して稼業に精を出せるんじゃねえんですか。脅しをかけなくとも、みかじめ料はきっちりと払ってきますよ。不自由はありませんや」

鞘番所の御用を務めているとわかっていても、深川のやくざたちは、前原のことを用心棒をやっていた頃と同じに、

〈先生〉

と呼んでくれる。その呼び方が前原には、

〈何かあっても情けをかけて庇《かば》ってくれる〉

と思いこんでいるような気がして、どこか気が重かった。

〈御上の御用を務める以上、見逃せないこともある。そのときは、きっちりと始末を

つけるしかあるまい）

と覚悟を決めているのだが、なかには気持の通じ合った者もいる。その場に出くわして、果たして心づもりどおりに運ぶものかどうか、前原のなかには、つねに迷いがあった。

「すまねえ。足をとめさせて悪かったな」

そういった前原に三下は、

「先生から聞かれたら、話せることは洗いざらい話しますよ」

「話せないときは、無理には聞かねえよ」

ぽん、と三下の肩を叩いて別れた前原だった。

聞き込みをつづけようと足を佃町から石置場へ向けた前原だったが、どうにも、――親分からいわれて弁天一家に出向いたが留守なのか表戸も裏戸も閉まっている
との三下のことばが引っ掛かった。

（まずは、たしかめたほうがよさそうだ）

と入船町へ足を向けることにした。

弁天一家は入船町の外れにあった。

洲崎の土手道を洲崎弁天を背に行くと右へ曲がって平野橋《ひらの》に突き当たる。平野橋の手前を左に折れると松平越中守《まつだいらえっちゅうのかみ》の下屋敷の大甍《おおいらか》が目に入る。その松平家下屋敷の海鼠塀《なまこ》の切れたところ、二十間川沿いの道の突き当たりから町家が始まっていた。弁天一家は河岸道の突き当たりを右へ行って三軒目の二階屋であった。一家のための、裏戸へ通じる露地がつくられている。露地の奥は行き止まりとなっていた。行き止まりの手前に裏戸はあった。

裏戸に前原は手をかけた。びくともしなかった。

腰高障子《こしだかしょうじ》の裏戸の障子に前原は耳を当てた。ひっそりと静まりかえっている。が……。

人の気配を前原は感じ取っていた。

(だれかが息を潜めている。それもかなりの人数だ)

脳裏に洲崎の土手に運び上げられ、新たに打ち込んだ杭に繋がれた三艘の船が浮かんだ。

「長脇差を腰に帯びたやくざとおもえる男が三十人ほど上陸して、いずこかへ姿を消した」

と松倉がいっていた。

（なかにいるのはその男たちかもしれぬ）

そう推量した前原を、さらなる思考が捕らえた。

（なかにいるのが船に乗ってやってきた男たちだとしたら、弁天一家はどうなったのか）

衝撃が前原を襲った。

（殴り込まれて皆殺しにあった）

そう結論づけた前原は表戸へ向かった。

弁天一家の親分の顔が浮かんだ。やくざ者ではあったが、無理無体を通すことはなかった。むしろ、町の用心棒、といってもいいような存在だった。親分にならって子分たちも堅気の衆に乱暴狼藉を働くことは、ほとんどなかった。

高波で海沿いに建つ、洲崎の漁師の家が半壊したことがあった。その家のかたづけを一家総出でやっていた姿を思い出していた。

（たしかめずにはおかぬ）

表戸の前に立った前原は戸障子を揺らした。返答はなかった。

大声で怒鳴った。

「出てこい。いるのはわかってるんだ。この間の用心棒代の残りを受け取りに来た。

出てこねえと表戸を蹴破ってでも押し込むぞ」

大刀を引き抜いた。

「脅しじゃねえ。おれは銭が欲しいんだ」

いきなり刀を戸障子に突き立てた。

引き抜いて怒鳴った。

「戸障子の桟《さん》を叩っ切るぞ」

上段に構えたとき、

「待ちなせえ」

と中から声がかかった。

「いるじゃねえか、やっぱり」

刀を下げて前原が舌を鳴らした。

なかから表戸を細めに開けて、男が顔をのぞかせた。三十前の、細面《ほそおもて》の狐目の男だった。見るからに荒《すさ》んだ顔つきをしている。

「弁天一家の連中は、にわかに思い立って総出で成田不動詣《なりたふどうもう》でだ。おれは留守を頼まれただけで何もわからねえよ」

「今日来い、といわれたんだ。そんなはずはねえ」

「そうはいっても、いねえもんはいねえんだよ」

表戸を閉めようとした男の鼻先に前原が切っ先を突きつけた。

「何しやがる」

睨《にら》みつけた男に前原が、

「帰ってくるまで待たせてもらうぜ。なんせ金が欲しいんでな」

薄ら笑った前原に男が、

「てめえ」

と顔を引いて凄《すご》んだとき、

「払ってやれ」

奥から声がかかった。破《わ》れた鐘を打ち鳴らしたような、くぐもった声音だった。

「幾《いく》らだ」

男が巾着《きんちゃく》を出した。

潮時《しおどき》だった。

（これ以上のごり押しは無理）

判じた前原は突《つ》っ慳貪《けんどん》に告げた。

「一両だ。びた一文まけねえぜ」

巾着から小判を一枚取り出した男が、

「一両だ。受け取りな」

と放り投げた。

「手渡すこともできねえのか」

唾を吐いて前原が刀を鞘《さや》におさめた。

見届けて男が黙って表戸を閉めた。

大刀で穿《うが》った隙間《すきま》から男が様子を窺っているのはあきらかだった。

地に落ちた小判を拾い上げた前原は、ついていた泥に息を吐きかけて落とし、さらに袖の端で拭った。懐から巾着を取り出し小判をしまい込み懐手をして肩を揺らしながら歩きだした。

背中に男の視線を痛いほど感じていた。凄まじいまでの殺気がこもっている。

(弁天一家は皆殺しにあったのだ)

確信に近いものが前原のなかにあった。

弁天一家に留守を頼まれたといっている男たちが、三艘の船に分乗して洲崎の岸に上陸してきたやくざたちなのか、まだ決めつけるには早かった。

(三十人ほどの、やくざとおぼしき男たちの足取りを、さらに探ってみるべきであろ

う。御支配なら、必ずそうなさるはず〉

北町奉行所で錬蔵直下の同心として務めつづけていた前原は、錬蔵の、〈探索に間違いはあってはならぬ。まず調べ上げる。さらに、それを、たしかめるために探る。たしかめたことを、さらにさらに、たしかめるために探索する〉との、心構えを身に染《し》み込むほど叩き込まれていた。

長脇差を帯びた、やくざとおぼしき三十人の男たちの行方を求めて、前原は二十間川の河岸道を、再び石置場へ足を向けた。

二章　兇徒跋扈《きょうとばっこ》

一

入江《いりえ》町の時の鐘が暮六つ（午後六時）を告げて鳴り響いている。

いまごろ安次郎は、馬場通りに立ってお座敷に呼ばれて往き来《いき》する、君奴とかかわりのあった芸者や男芸者などを通りすがりにつかまえて聞き込みをかけているはずであった。

用部屋で錬蔵は、前原と向かい合って坐っている。

小半刻（三十分）ほどまえに錬蔵が、ほどなく前原が鞘番所に帰ってきたのだった。

用部屋へ顔を出すなり、前原が、佃一家の三下から聞き込んだ内容《こと》と一芝居うって知りえたことなどを詳しく話し、

「見知らぬ男たちが弁天一家の留守番をしております。顔をのぞかせた男のいうこと

には、親分が急に思いたって一家総出で成田不動詣でに出かけている、とのことで」と言い添えた。

「誰が聞いても面妖《めんよう》な話だ。一家総出の成田不動詣でなど、あるはずがない」

応えた錬蔵が、一息おいて問うた。

「松倉は、どうした？　一緒ではなかったのか」

「洲崎の岸辺に三艘の船が運び上げてありました。真新しい舫杭を打ち付け荒縄で厳重に船を結びつけてあるのを見て『これは長逗留するつもりに違いない』と判じ、二手に分かれて、やくざとおぼしき男たちの行方を追う、と話し合って決めました」

「それでよい」

「弁天一家から再び佃町、石置場と見廻ってまいりましたが、いつもと変わらぬ町の様子。石置場を縄張りとする石場一家は弁天一家と深い付き合いはありませぬゆえ、石場一家の者には聞き込みはかけませんでした」

「佃一家が弁天一家と石場一家の間を取り持っていると藤右衛門から聞いたことがあるが」

「如何様《いかさま》。佃一家の親分、佃の幹松《みきまつ》は五十前。年の割に、なかなか出来た男で、縄張りの佃町が石置場と入船町の間に位置している地の利を生かして、たがいの縄張りを荒らすことなく揉め事は話し合いで片付けよう、ともちかけ、まずは弁天一家と、つづいて石場一家と約定を交わしたのです。おれから諍《いさか》いを起こすことはないが、仕掛けられたら約定を交わした一方と組んで喧嘩を受ける、と。そこはやくざ稼業のこと、半ば力で脅しつけての取り持ちでして」

「三竦《すく》みというわけか。考えたな」

「生き残るための渡世の知恵、というべきかもしれませぬ」

「弁天一家から目を離せぬな」

「そうすべきかと。それと、これは、いかがいたしましょう」

懐から前原が巾着を取り出した。小判を一枚摑みだす。

「弁天一家の留守番と名乗る者から用心棒代と偽って、せしめた一両です。御支配に渡しておきます」

小判を一枚、錬蔵の前に置いた。

「そうよな」

錬蔵が首を傾げた。

「役得だ。取っておけ、といってやりたいが、そうもなるまい」

懐から取り出した懐紙の数枚を引き抜き、小判を包んだ。

そのとき……。

戸襖の向こうから声がかかった。

「松倉です。門番より、帰り次第、用部屋へ顔を出すよう御支配よりの伝言があった、と聞いたので参りました」

「待ちかねたぞ」

松倉がいそいそと入ってきて、前原とならんで坐った。

「男たちの足取りはたどれたか」

「それが、はっきりしないのです」

問いかけた錬蔵に松倉が応えた。

「はっきりしない、とな」

「漁師から聞いたところによると、男たちは洲崎弁天の方へ歩いていった。長脇差を帯びていて数も多い。下手にかかわったら命が危ない、とおもい、そのまま見送ったということでした」

「洲崎弁天の門前町には聞き込みをかけたであろうな」

「漁師と別れたあと洲崎弁天へ向かいました。茶店の主人などに当たりましたが、そのような男たちは見かけなかった、ということでした」

「境内の茶店でも同じことか」

「誰ひとりとして男たちの姿を見たものがありません」

「船は三艘、放置されたまま、いまだに残されているのだな」

「そのままでございます。ひょっとしたら男たちのなかのひとりでももどってくるかもしれぬ、と半刻（一時間）ほど近くの物陰に潜んで張り込みましたが、誰も姿を現しませんでした」

視線を移して錬蔵が告げた。

「前原、松倉に、おぬしが聞き込んだ弁天一家にかかわることなど話してくれ」

「は」

と短く応えた前原が松倉に向き直り、佃一家の三下に聞き込みをかけてから弁天一家に乗り込み、

〈留守を頼まれた〉

と称する男とやりあったことなど、ことこまかに話して聞かせた。

聞き終わり松倉が、

「それでは男たちは弁天一家に入り込んだというのか」

「それは、いまのところはわかりませぬ」

応えた前原に松倉がいった。

「そやつらと、洲崎の岸へ上陸した男たちとの間にかかわりがあるとの証《あかし》はないのであろう。だとすると、たしかめてみなければ、なるまいな」

「それでは、明日にでも、たしかめにいきましょう」

黙ってふたりのやりとりを聞いていた錬蔵が、

「松倉、弁天一家にいる男が、まこと留守を頼まれた者かどうか、おまえが出向いて、たしかめてまいれ」

「身共が、でございますか」

「前原が隠密廻り同然の動きをしていることは存じておろう。用心棒のふりをして一芝居うった後だ。おめおめと顔を出すわけにはいくまい」

「それは、たしかに」

「見廻りの途中、立ち寄った風を装うのだ。御用あらためなどと、大袈裟に構えると、かえって男たちを逆上させ、抗《あらが》わせることになりかねぬぞ。ひょっとしたら、そやつら、弁天一家を皆殺しにして居座っているのかもしれぬ」

「そんなことは」

「ないとは、いえぬ。ここは深川だ。御法度の埒外《らちがい》にある稼業が、あちこちで罷《まか》り通っている土地《ところ》だぞ。縄張りにして、事あるごとに、みかじめ料を取り立てれば大儲けができる、おいしい場所だ。独《ひと》り占《じ》めする気になった悪党がいてもおかしくはあるまい」

「仰《おお》せの通り、見廻りの途上、立ち寄ったと称して、たしかめてまいりまする」

頭を下げた松倉に、

「昼ごろ行くのだ。朝早くても、夕遅くてもいかぬ。あくまでも、ぶらり、と立ち寄ったとみせかけるのだ。いいな」

「こころして仕掛かります」

緊張に顔をひきつらせて松倉が応えた。

翌日、下っ引きふたりを引き連れ、松倉は弁天一家へ向かった。

昨夜遅くから朝にかけて雨が降ったせいか二十間川の水かさが増している。流れも、いつもより激しいようだった。そのせいか川面が泥で茶色く染まっている。

二十間川の流れに沿って右へ曲がると弁天一家が見えてくる。ゆっくりと歩いてきて右へ折れた途端、松倉が、足を止めた。前方を見つめる。

弁天一家の前で男たちが表戸の腰高障子をはずし、障子紙を貼り替えている。桶を持ち出して腰高障子を洗っている者もいた。

筆を手にした男が外壁に立てかけた腰高障子の障子に文字を書き付けている。

〈行徳《ぎょうとく》〉

と書かれた文字を菱《ひし》の形で囲んでいた。二重にするつもりか菱形の外側を内側より細い線で囲っている。

「達者なものだな。玄人《くろうと》はだしだ」

かけられた声に筆を手にした男が振り向いた。狐目で細面だった。

外にいる男たちも一斉に振り向いた。

十手片手に松倉が狐目の男に歩み寄った。

「ここは弁天一家だとおもったが、今日から看板替えかい」

狐目の男が浅く腰を屈《かが》めた。丁重な物腰だった。

「これはお役人さまで。実は、うちの親分と弁天一家の親分との間で話し合いがつきやして、縄張りごと譲ってもらった、というわけで」

「そうかい。親分の名は何ていうんだい」

「行徳の万造《まんぞう》と申しやす」

「いるかい。譲ってもらった経緯を聞きてえ」

入ろうとした松倉の行く手を狐目の男が遮った。

「親分は留守で。誰もなかに入れるな、といいつかっておりやす。言いつけに背くわけにはいきません」

「なら、代貸がいるだろう。そいつと話がしてえ」

「代貸も留守で。帰っていただいた方が何かとありがてえんですがね」

薄ら笑った。冷ややかな笑みだった。目の奥に殺気が宿っていた。

男たちが松倉と下っ引きたちを取り囲んでいた。なかには匕首《あいくち》でも引き抜くつもりか懐に手を入れている男もいる。いずれも一癖ありげな顔つきだった。

「旦那」

下っ引きのひとりが松倉の袖を引いた。怖《お》じ気づいたのだろう。

松倉の顔も引きつっていた。

「いつ帰るのだ、親分は」

「さあ、気まぐれなお方ですからね。あっしら下っ端には、わかりませんや」

顔を近寄せて目を細めた。

「出直してくる」

顔を背けて身を引いた松倉に、

「お待ち申しておりやす」

と狐目の男が浅く腰を屈めた。

「引き上げるぞ」

「へい」

下知した松倉にも、はっきりとわかるような、ほっとした顔つきで下っ引きが応えた。

歩き去る松倉たちの背に男たちの嘲《あざけ》った笑い声が浴びせられた。

振り向く気もしなかった。振り返ったら斬り合いになる気がして、松倉はただ前を向いて歩きつづけた。背中にべっとりと冷や汗が噴《ふ》き出ていた。

（弁天一家は皆殺しにあったのだ）

確信に近いおもいが松倉のなかで湧き上がって来た。駆けだしたい衝動にかられた。

が、かろうじて、そのおもいを抑えつけた。精一杯の虚勢を張り、姿勢をただして歩きつづけた。

「松倉さん、傍《はた》から見ても、はっきりとわかるほど顔が青ざめてましたぜ。みっともないったらありゃしねえ。鞘番所の面汚《つら》しでしたぜ、まったく」

吐き捨てるように安次郎がいった。

二

——何か、あるかもしれぬ。用心のために陰ながら警固してやってくれと錬蔵からいわれて安次郎と前原がひそかに弁天一家を見張っていたのだった。

夕刻に深川大番屋にもどってきた安次郎と前原が、そろって錬蔵の用部屋へ顔を出したのだ。

無言で座している前原に、視線を注いだ錬蔵が問うた。

「顔見知りはいたか」

「昨日、用心棒代の一両を放り投げた狐目の男が松倉さんの相手をしていましたが、身のこなしから判じて、かなり剣の修行を積んだ者ではないかとおもわれます」

「松倉の腕では太刀打ち出来ぬか」

「おそらく三本やって三本とも負け、でしょうな」

「そうか。やり合うとなったら厄介《やっかい》な相手のようだな」

「おそらく弁天一家の連中は生きてはおりますまい」

陰鬱な響きが前原の声音にあった。

沈黙が流れた。

ややあって、安次郎が口を開いた。

「実は気がかりなことがありますんで」

「何が、だ」

問うた錬蔵に、

「前原さんとあっしは、河水楼から猪牙舟を借り釣りをしている真似をして弁天一家を見張ることにしやしたんで。その猪牙舟で二十間川に漕ぎ出したとおもってくだせえ。そのとき、佃一家の表戸が閉じていたのが、なぜか気になりやした」

「おれも気になった。河岸道沿いにある佃一家の表戸が閉まっていた。あの一家は見張りのつもりか、朝早くから必ず表戸の脇の縁台に子分のひとりは坐っているのだ。それが、誰もいなかった」

横から前原がいった。

「洲崎の岸辺へ行かれるというんで前原さんを平野橋のたもとで下ろし、どうにも気になったんで、あっしは二十間川を逆もどりしたんでさ。そしたら」

「佃一家の表戸が閉まったままになっていたのだな」

問うた錬蔵に安次郎が応えた。

「そうなんで。縁台に子分の姿もない。で、猪牙舟を近くの舫杭に繋いで、佃一家へ足を向けやした」

目線で錬蔵が話のつづきを促した。

「表戸も裏戸も閉まっていて、揺らしてもびくともしやせん。なかから、つっかい棒がかけられていたに違いありません。つっかい棒がかかっているということは、少なくともひとりは家ン中にいるというわけで」

「が、返事はなかったのだな。おれのときと同じだ」

口を挟んだ前原が錬蔵に視線を向けた。

うむ、と唸《うな》って錬蔵が告げた。

「出かけよう」

すっくと立った錬蔵が刀架《とうか》に架けた大刀に手を伸ばした。

「そう来なくちゃ。行く先は、佃一家ですね」

問うた安次郎に脇差を手にした前原が錬蔵に代わって応えた。

「聞くだけ野暮というもの。話の成り行きからして、端《はな》から行く先は決まっている。佃一家だ」

「へっ、こいつはまいった。機転が売り物の男芸者の修行を長年、積んできたってのに、此度は知恵がまわりかね、の図でござ〜いと、きやしたね。抜かった抜かった」

ぴしゃり、と平手で額を打った安次郎が身軽く立ち上がった。


佃一家のある佃町を土地っ子は〈海〉と呼んだ。深川のなかでも殷賑《いんしん》を極めた遊里である永代寺門前仲町、土橋《どばし》、表櫓《おもてやぐら》、裏櫓、裾継《すそつぐ》の三櫓、大新地、小新地、石場、鶩《あひる》の深川七場所のうちのひとつ〈鶩〉がある処でもあった。二十間川に架かる蓬萊橋《ほうらい》の左右に茶屋が建ちならび、住吉稲荷《すみよしいなり》よりの露地を挟んで局見世《つぼねみせ》があった。

二十間川の向こう岸には永代寺門前仲町の茶屋がつらなり、夜ともなると川面に映る提灯の明かりを競い合って、きらびやかな不夜城の煌《きら》めきを誇っていた。

佃一家は二階屋で南松代町《みなみまつしろ》代地と佃町を仕切る脇道の角地に細長く張りつくように建てられていた。脇道は行き止まりとなっており、その奥に局見世があった。

蓬萊橋を渡り右へ折れた錬蔵と安次郎は佃一家の表戸の前で立ち止まった。前原は、少し離れて、ついてきている。

佃一家のなかには誰もいないらしく明かりも消えていた。表戸を揺らしてみたが、つっかい棒がかかっているのか、びくともしない。一家総出で留守にしているのなら大戸を閉めていくのが、ふつうであった。

「裏戸をあらためよう」

錬蔵が安次郎に告げた。無言で安次郎が顎を引き、歩きだした錬蔵につづいた。

裏へまわろうとして脇道へ入ったふたりとすれ違った男がいた。狐目の細面の男だった。長脇差を差している。

巻羽織に着流し姿の同心と見紛《まが》う出で立ちの錬蔵に、ちらり、と目線をくれた。が、すぐに目を逸《そ》らし、いそいそと立ち去っていった。

「いまの男、松倉さんの相手をした行徳一家の野郎で」

小声で安次郎が錬蔵にいった。

そのとき……。

殺気走った気配を背後に感じて錬蔵と安次郎が振り返った。

脇道の入り口で前原と狐目の男が足を止め、睨《にら》み合っていた。

狐目の男が長脇差の柄に手を伸ばした。

刹那……。

「何をしてるんでえ」

伝法な口調の錬蔵の声が飛んだ。

狐目の男が錬蔵を見向きもせず、裾をめくって小走りに河岸沿いに走り、横に動いた。前原も狐目の男の動きにつれて躰の向きを変えていく。

向き合ったとき、男が左へ飛んだ。弁天一家のある入船町の方へ走り去っていくのがみえた。

脇道の奥へ、ちらり、と顔を向けた前原が懐手をして石置場の方へ向かった。

三人で佃一家をあらためると打ち合わせてあったが、何事もなかったかのように歩き去っていく。

「前原さん、あの狐目が、どこぞで見張っているかもしれない、とおもったんじゃねえでしょうかね」

「おそらく、そうであろう。おれたちとかかわりがない、とおもわせたかったのであろうよ」

「用心に用心を重ねたってことですか」

「多分な。行徳一家の者が、この道の奥から出てきたということは」

「まさか佃一家も」

「あらためよう」

裏戸の前に立った錬蔵は戸に手をかけて揺らし、開けようと引いた。揺れただけで裏戸が開くことはなかった。しゃがんだ錬蔵は裏戸の敷居の溝沿いに指を這わせた。

その指の動きを止めた。

「敷居に窪みがある」

「敷居に窪みが?」

安次郎もしゃがみ込んだ。

裏戸の敷居と接する下側を指で探った錬蔵が、

「削《そ》がれた跡《あと》がある」

「何ですって?」

「長脇差の切っ先を差し込んで裏戸をはずしたんだ。おそらく佃一家は行徳一家に殴り込まれたのだ。盗人のやる押込みまがいの手口でな」

「裏戸をぶち壊して踏み込みますか」

「今日のところは引き上げよう」

立ち上がった錬蔵に、

「引き上げる？」

躰を起こして安次郎が問うた。

「行徳一家は必ず何かをしでかす。そのときが勝負だ。まだ奴らの手の内がわからぬ。喧嘩は勝ち目を見つけ出してやるものだ」

「喧嘩ですかい」

「そうだ。捕物はおれたちと科人《とがにん》の喧嘩だ。躰を張り、命を賭けて、しでかす大喧嘩だ。すくなくとも、おれは、そうおもっている」

「おもしれえ。行徳一家との喧嘩、足抜き屋の探索、わくわくしやすね」

「河水楼にまわろう。足抜き屋の探索がすすんでいない。猪之吉たちの調べの結果を知りたい」

「あっしは弁天一家と佃一家の三下でも探し歩いてみやす。どこかに身を潜めているかもしれねえ」

「そうしてくれ」

「それじゃ、これで」

浅く腰を屈めて安次郎が踵を返した。

その頃、鞘番所の同心詰所には気まずい沈黙が流れていた。

松倉孫兵衛を囲むように溝口半四郎、八木周助、小幡欣作が円座を組んでいる。真ん中に一升徳利が置かれていた。それぞれの前に湯呑み茶碗が置いてある。務めを終えた四人が酒盛りをしていた、とみえた。

湯呑みを傾けて一気に飲み干し、腹立たしげに溝口がいった。

「いかにご老齢とはいえ、やくざ者に一睨みされて、町奉行所同心がすごすごと引き上げてくるとは、情けないとはおもわれませぬか。深川大番屋の面目《めんぼく》にかかわる」

「下っ引きは恐れをなして逃げ腰だった。おれひとりが面目をかけて、いきがっても仕方なかろう。下っ引きたちの身を守るためにも無用な争いはさけねばならぬ、とおもうたのだ」

悄《しょ》げきった松倉が言い訳がましくいった。

「臆病風に吹かれたとしか、おもえぬ。相手はたかが、やくざ者ではないですか。困ったものだ」

呆《あき》れ果てたように八木が松倉を見やった。

「溝口さん、八木さん、松倉さんを責めるより、おふたりで行徳一家へ出向かれたらどうですか。そうすれば、相手がどの程度のものかわかりますよ」

見かねて口を出した小幡に溝口が、

「意見するのか、小幡。いつから、そんなに偉くなったのだ」

睨みつけた。目が据わっている。

「そんな話は、していませんよ。ただ、松倉さんは、御支配から見廻りの途上、顔を出した風を装え、争うな、と命じられていたわけでしょう。わたしも、同じ立場だったら松倉さんと同じように振る舞います」

「怖じ気づいて、すごすごと引き上げてくるというのか」

せせら笑った溝口に小幡が、

「そうです」

「意気地なしめ」

吐き捨てた溝口に、八木が、

「溝口、そこまでいうなら、おまえひとりで行徳一家に乗り込んでいったらどうだ。陰ながら、おれが警固してやってもいいぞ。危なくなったら、手助けに飛び出してやる」

「よくもまあ、そんなことばを吐けたものだ。おれは一刀流免許皆伝の業前《わざまえ》。おぬしは目録がやっとの腕ではないか」

「また剣術自慢か。それほどいうなら、ひとりで出向いたらどうだ。深川鞘番所同心の面目がかかっている。しっかり仕切ってきてくれよ」

揶揄《やゆ》するようにいって八木がそっぽを向いた。

「ああ、仕切ってくるとも。おれは、松倉さんとは違うぞ」

徳利を手に取り湯呑みに満々と酒を注いだ溝口が一気に呷《あお》った。

「溝口さん、呑みすぎですよ。八木さん、だから酒盛りはやめよう、といったんです。溝口さん、呑みだすと酔い潰れるまで呑み続けるんですから。わたしは引き上げます」

しらけた顔つきで小幡が立ち上がった。

「お開きとしよう」

松倉が小幡につづいた。

「待て。まだ話は終わってないぞ。こら」

酔眼をこらして睨みつけた溝口に八木が、

「わかったわかった。おれが付き合ってやる。さあ呑め」

徳利を手に取った。

溝口が湯呑みを差し出す。

その湯呑みに八木がなみなみと酒を注ぎ入れた。

三

翌日昼近く、蓬莱橋を渡って二十間川の河岸道をゆく溝口の姿があった。下っ引きふたりを従えている。以前、弁天一家のあったところへ向かっていた。

ちらほらと小雪が舞っていた。立ち止まり溝口は袖に降りかかった雪をはらった。

鞘番所を出てくるときは、薄日がさしていた。それが俄《にわか》に雪が降り出したのだ。傘の用意をしてこなかったことを溝口は悔やんだ。

二日酔いで頭が重かった。酔いが残っているせいか、薄ら寒い気がして同心詰所で火鉢に当たっていた。それを見て見廻りに出かける支度をととのえた小幡が、

「弁天一家、いや、いまは行徳一家か。行かないんですか。顔を出して行徳一家にお灸《きゆう》のひとつも据えてやらないと深川大番屋の面子《めんつ》は潰れたままですよ」

と揶揄する口調で声をかけてきた。

顔を向けると微笑《ほほえ》んでいる。が、目の中に、

（どうせ酔った上のこと。出かけていくはずがない）

との侮《あなど》りが浮いているような気がして、おもわず、

「大番屋のためだ。出かけて、とっちめてやる。どんなことでも最初が肝心だ。やくざに舐《な》められてたまるか」

と、吐き捨てていた。

小幡は出て行ったが、松倉が文机に向かって書き物をしている。

（あれだけのことをいったのだ。早く出かけないのか）

と、おもっているに違いない、と、ついつい勘繰ってしまう。

酔っていたとはいえ、松倉を嘲ったことは覚えている。

（酒癖が悪いとわかっているのだ。ほどよいところで呑むのをやめよう）

と、つねづねおもっているのだが、呑み出すと、どうにもならない。

（この一杯だけ。これで終《しま》いにしよう）

と、こころに言い聞かせながら、ついつい呑みつづけてしまう。

結句、半ば酒で麻痺《まひ》した頭で、だれかれなく悪態をついてしまうのだ。

（どうも、いかん）

うむ、と首を捻《ひね》った。

どんよりと曇った空を見上げる。落ちてくる雪が顔に降りかかった。ほどよい冷た

さが、酔いを醒《さ》ましてくれるような気がする。雲の薄くなったあたりが、ほのかに明るく感じられた。

（雪が降りつづくことはあるまい）

そう判じて溝口は歩きだした。

行徳一家に近づくにつれて木刀を打ち合う音が聞こえてきた。何組かで打ち合っているのだろう。入り乱れて響いてくる。

二十間川が鉤形《かぎがた》に折れているところにさしかかった溝口は、再び足を止めた。

行徳一家の者であろう。河岸道を道場がわりに十人ほどの尻端折りした男たちが木刀を手に打ち合っていた。木刀を肩に当てた狐目の男が鋭い目つきで打ち合う男たちを見つめている。動きからみて指南役をきどっているのだろう。

我が物顔に打ち合う、やくざたちを避けて、道行く人たちが、こそこそと端を歩いていく。

打ち合っていた男のひとりが鍔《つば》迫《ぜ》り合いとなり、相方から突き飛ばされて後方へよろけた。使いに出てきた丁稚《でっち》とおもわれる風呂敷包みを抱えた十歳ほどの子供にぶつかり、弾《はじ》き飛ばした。

「気をつけろ。馬鹿野郎」

倒れたときに膝でもすりむいたのか泥にまみれて坐り込み、痛みに顔を歪《ゆが》めた丁稚を助け起こそうともせず男が怒鳴った。

うらめしそうに男を見上げて丁稚が立ち上がった。目を背けて、大事そうに風呂敷包みを抱え歩き去っていく。微《かす》かに足を引きずっていた。

溝口が、つかつかと男たちに歩み寄った。

「やめろ。ここは天下の大道だ。剣術ごっこは許さぬ」

怒鳴った溝口が男のひとりから木刀を奪い取った。

「野郎、何しやがる」

男たちがいきり立った。溝口を半円状に取り巻いた。

下っ引きたちは溝口が足を止めて男たちを見つめていたところから、一歩も動いていなかった。溝口は下っ引きに声もかけることなく行徳一家の連中に向かっていった。下っ引きたちが動き出す前に、溝口に声をかけられた男たちが素早く反応したのだ。

木刀を手にした溝口に向かって、男たちをかき分けて狐目が出てきた。

「これはこれは深川大番屋の旦那ですね、いま見廻りですかい」

顔に薄ら笑いが浮いていた。

鋭く狐目の男を見据えて溝口が告げた。

「通行の妨げになる。いますぐ剣術の稽古《けいこ》をやめろ」

「剣術の稽古？　何のことですかい」

「いま打ち合っていたであろう、木刀で」

あ、と狐目が口を半開きにした。にやり、とふてぶてしい笑いを浮かべて、

「剣術の稽古なんてものじゃありません。ただの棒振り遊びでさ」

「棒振り遊びでも何でもいい。やめろ、いますぐに、だ」

「やめろ、といわれりゃやめますがね。その前に」

いうなり狐目が痛烈な突きを溝口にくれていた。

片足を引き、半身となって身をかわした溝口が、手にした木刀でしたたかに狐目の木刀を打ち据えた。

木刀が狐目の手を離れ、地面に落ちた。

痺《しび》れたのか右手を押さえながら、狐目が溝口を上目遣いに見つめた。

「旦那、強いねえ」

ことばとは裏腹に口の端を歪めた凍えた笑いが浮いていた。

「やめろ」

有無《うむ》をいわせぬ溝口の口調だった。

「仰有《おつしや》るとおりにいたしやす」

浅く腰を屈めた狐目が男たちに向かって、

「おい。聞いてのとおりだ。棒振り遊びは終わりだ。引き上げな」

「わかりやした」

「そうしやす」

うなずいた男たちが家のなかに入っていった。

その姿が消えたのを見届けた狐目が溝口を振り向いて、手を出した。

「お返しください。木刀は当家のものなんで」

「返してやるさ」

いうなり溝口が行徳一家の開け放した表戸の前に放り投げた。

「旦那、冗談が過ぎるってもんですぜ」

狐目を、さらに細めて、男が睨《ね》め付けた。

「木刀を渡すなり突きかかられては、たまらんからな」

ふっ、と鼻先で笑って溝口が告げた。

歩き去っていく溝口を身じろぎもせず狐目が見据えている。狐目からできるだけ遠ざかるようにして下っ引きたちが通っていった。狐目の前を過ぎてから、慌てた仕草で溝口の後を追って走る。

狐目の男は下っ引きたちを見ようともしなかった。憎悪を剝《む》き出しに遠ざかる溝口の後ろ姿を凝然と睨みつけている。

平野橋のたもとで編笠をかぶった着流しの浪人が釣り糸を垂れていた。歩いてきた溝口と下っ引きたちが、急ぎ足で平野橋を渡って右手に折れ木置場の方へ歩いていった。

その後ろ姿を見送って浪人が立ち上がった。漁場を変えるつもりか、引き上げた釣り糸を釣り竿《ざお》に巻きつけ魚籠《びく》を手にした。土手を上り洲崎弁天へ向かって立ち去っていく。

対岸の金岡《かなおか》橋を渡っていく溝口たちの姿があった。その向こう、貯木池に多数の丸太が浮かんでいるのがみえる。雪は、すでにやんでいた。

足を止めた着流しが編笠の端を持ち上げて溝口たちに視線を向けた。編笠の下からのぞいた顔は前原のものであった。

――松倉が行徳一家の者とやりあって、すごすごと引き上げてきたことを知らされた同心たちのなかに、深川大番屋の面子にかかわると行徳一家に乗り込む跳ね返り者が出るやもしれぬ。万が一のことがあっては取り返しがつかぬ。行徳一家を見張り、斬り合いになるようなことがあれば助勢せよと錬蔵に命じられ張り込んでいたのだった。

やってきたのが溝口だと見届けた前原は、

(他に行徳一家へ乗り込んでくる同心はおるまい)

と判じて、張り込みをやめたのだった。洲崎弁天へ足を向けたのは、あくまでも釣りをするために出かけてきた浪人とみせかけるための動きであった。

鞘番所で錬蔵は猪之吉たちが探索し、安次郎が聞き込んでまとめた足抜き屋にかかわる調べ書を読み、向後の方策を練り上げているはずであった。

洲崎弁天を通り過ぎた前原は道なりに左へ曲がり不二見橋《ふじみ》、自分橋《じぶん》、崎川橋《さきかわ》と渡って貯木池、十五間川沿いに鞘番所への道を急いだ。

半刻もしないうちに前原は鞘番所へもどっていた。

用部屋で錬蔵と前原は向かい合って坐っている。

「行くとすれば溝口か八木とおもうていたが、やはり溝口が出向いたか」

ことばの端に、錬蔵の苦いおもいが籠《こ》もっていた。

「やはり、と申しますと」

問いかけた前原に、

「溝口の剣術自慢が、いつも気にかかっているのよ。探索は、できうるかぎり隠密裡《り》にすすめねばならぬ。ぐうの音《ね》も出ぬほどの証を手に入れて一気に科人を捕らえる。それが、唯一無二《ゆいいつむに》の手立てだと、おれは考えている」

北町奉行所で同心を務めていたころから、耳に胼胝《たこ》ができるほど聞かされてきた錬蔵の探索にたいする信条であった。前原は無言で、錬蔵の発する、次のことばを待った。

「それが、どうにも深川大番屋へ配された同心たちには、わからぬようなのだ。手柄を立てたいのかもしれぬ。手柄の数によっては同心から与力に出世することもある。もっとも、めったにないことだがな。が、溝口たちが出世を欲しているとも、おもえぬのだ。つねに何かに飢えている。何に飢えているか、わからぬ。おれが、未熟だから見抜けないのかもしれぬ」

独《ひと》り言《ご》ちているかのような錬蔵の物言いだった。

(一途《いちず》なお人なのだ)

と前原はおもった。

錬蔵が、である。

科人を探索し、捕らえる。探索するにあたっては目の前に現れた事柄を、それこそ重箱の隅までつつくほどの細《こま》かさで見極め、断を下す。罪を犯す者のこころを見抜いて裏をかくことが何度もある錬蔵が、身近な者たちの姿、こころを理解できぬ理由が、

〈その一途さにある〉

と前原はみていた。

〈真《ま》っ直《す》ぐに伸びた竹の様な気性なのだ〉

錬蔵のことを、前原は、そう、とらえている。渡り中間《ちゅうげん》と妻が駆け落ちしたことを知った前原は、あまりの屈辱と嫉妬に正気を失った。

〈ふたりならべて成敗する〉

と怨念の炎を胸に、妻と渡り中間を求めて行方をくらましたのだった。自ら、

〈かす〉

と名乗って、ともすれば自暴自棄になりそうなこころを支えてくれたのが、ふたりの子供だった。

〈佐知と俊作の姉弟《きょうだい》の、父親を信じることしか知らぬ、あの邪気のない面差しが、おれに人のこころを残させ、立ち直る力となったのだ〉

とのおもいが強い。

そのころの懊悩の日々が、前原の世間を見る目を培《つちか》っていた。その前原から見て、溝口ら同心たちは、

〈おのれを省《かえり》みる力の足りぬ者たち〉

としかおもえなかった。

〈目の前に現れた事柄にただ対応して、動くだけしか出来ぬ者〉

だと、判じてもいた。姿形は町奉行所同心だが、気持の有り様は、その日その日を暮らすのが精一杯の、行く末を見通す力を持ち合わせぬ町人たちと同じだった。

〈おれも昔は、そうだった〉

つねづね前原は、そうおもっている。

おのれが歩いて来た道だからこそ、わかることであった。前原は錬蔵に、これ以上、無意味な悩みを抱かせたくなかった。

しょせん、おのれの生き方をひとつに定めて、真っ直ぐに貫《つらぬ》こうとする者と、目の前の、その場限りのことしか考えられぬ者とは、決して相容《い》れることのない、両極に

位置するものだ、と前原は気づかされていた。ここ数年の、こころも躰も流離《さまよ》いつづけた暮らしのなかで身についた、生き抜くための知恵といえた。

遠慮がちに前原が口を開いた。

「差し出がましいようですが、溝口さんらは、あのような人たち。何かあったら、その都度、話し合うと決められたら、いかがでしょう」

「あのような人たち、とな」

うむ、と首を捻った錬蔵が、

「そうか。あのような人たち、か」

と繰り返した。

黙り込む。

うむ、と呻《うめ》いた。

「どうも、いかん。上役として同心たちをおもうがままに動かしたい、と焦る気持があったようだ。足抜き屋の探索もままならぬところへ行徳一家が乗り込んでくる。猫の手も借りたいという有り様なのに勝手な動きばかりする。なぜだ？　と動く理由《わけ》を解き明かそうとするより、溝口らの今の力を見極めるが先。そのことに気づかぬおれは、まだまだ未熟者だ」

微笑んで見やった錬蔵が、

「前原、これからは溝口たちをこき使うぞ」

無言で前原が笑みを返した。

「安次郎は足抜き屋の探索にかかっているので動かせぬ。弁天一家と佃一家の子分たちがどこかに身を潜めているかもしれぬ。行方を追ってくれ」

「直ちに仕掛かります」

顎を引いた前原が脇に置いた大刀を手にした。

四

潮風が頬に強く吹き付けてくる。小雪はすでにやんでいたが、その雪が、錬蔵に、とある探索を思い立たせた。

前原が用部屋から去った後、ほどなくして錬蔵は出かけたのだった。

いま錬蔵は洲崎の岸辺にいる。前原から聞いて、だいたいの場所はわかっていた。

洲崎弁天の柵を背に汀《みぎわ》を歩いていく。

ほどなく、それは、あった。

三艘の船が土手に引き上げられているのがみえた。

近寄った錬蔵は舫杭を揺すった。びく、ともしなかった。よほど頑丈に打ちこんであるのだろう。

船に乗りこみ、船板をあらためていく。

急遽、錬蔵が探索に出かけたのは、このことであった。雪が降り積もったら、何かの痕跡《こんせき》が船板に残っていたとしても解けるときに洗い流されるかもしれない、とおもったからだ。

なかほどにひとつ、小指ほどの赤黒い染《し》みがあった。流れ出た血が染みついた、と見えないこともなかった。

手でこすった。

降った雪で船板が湿っているせいか、こころなしか指先が暗い紅色《あかいろ》に染まった。

案外、付着して、それほどの日時が過ぎていないのかもしれない。

他に染み跡がないか調べていく。

ふたつ赤黒い染みがあった。

人の血とは決めつけられなかった。釣り上げた魚を船板に放り捨てたときについたものかもしれない。

が、いずれにしても固いものがつけた染み跡でないのはたしかだった。木目の奥深くまで染み入っていたからだ。

艫《とも》のあたりをあらためはじめたとき、

「何してるんでえ」

野太い声がかかった。剣呑《けんのん》な音骨《おとぼね》だった。

振り向くと船の近くに三人の男が立っていた。いずれも長脇差を帯びている。

声をかけてきたのは揉み上げを長く伸ばした、髭面のがっちりした体軀の男だった。その背後にふたりいる。いずれも目つきが悪かった。兄貴分に引き連れられた三下、とみえた。

髭面が歩み寄ってきた。

「その船は三艘とも行徳一家の持ち船だ。同心の旦那のようだが、お調べは御免蒙《こうむ》りますぜ」

悠然と立ち上がった錬蔵が、船から飛び降りた。

髭面を見つめた錬蔵が、

「行徳一家？　知らねえな」

「入船町に一家をかまえましたんで」

「入船町は弁天一家の縄張りだったはずだが。弁天一家はどうしたんでえ」

「話し合いをしやして縄張りを譲っていただきやした」

「喧嘩《でいり》があったとは聞いてねえが」

「やくざの落とし前の付け方が喧嘩とは決まっておりません。納得ずくのことで」

「黙らしたんじゃねえのかい、力ずくでよ」

苦笑いを浮かべて髭面が、

「旦那、冗談がきつすぎますぜ」

「まあ、いいさな。いずれ、顔を合わせることもあるだろうぜ」

「名前の儀《ぎ》はお聞きにならねえんで」

「おれも、いまは名乗る気はねえ。名乗らねえのに人の名を聞くこともねえだろうよ」

ふうむ、と髭面が首を捻った。

「たいがいのお役人が根掘り葉掘り聞きたがるってのに、おめえさん、変わったお人だね」

にやり、と見やった錬蔵が、踵を返した。髭面が遠ざかる錬蔵を鋭く見据えている。

門前仲町の河水楼へ足を向けた錬蔵は馬場通りを歩いて来る安次郎を見かけた。気づいたのか安次郎が駆け寄ってくる。

「旦那、今日は鞘番所に詰めていらっしゃるんじゃなかったんですかい」

「手間が省《はぶ》けた。実は河水楼へ行き、政吉たちに、おまえを探すのを手伝ってもらおうとおもって向かっていたところだ」

「何か、ありましたんで」

「溝口が行徳一家に出向いた。一悶着あったと前原から復申を受けた」

派手に舌を鳴らして安次郎が応じた。

「また、余計なことを。深川大番屋の同心が二日つづけて行徳一家に顔を出した、となると『疑われているに違いない』とおもって用心を深めるんじゃねえですか」

「そうだろうな。そういう意味からいえば、おれもしくじった」

錬蔵は洲崎の土手に運び上げられた三艘の船を調べに出向いたこと、探索のさなか、行徳一家の兄貴分とおもえる三下ふたりを従えた男から声をかけられたこと、などをかいつまんで安次郎に話して聞かせた。

「船まで調べられたとなると、行徳一家の奴ら、ますます警戒を強めるでしょうね」

「そうだろうな。足抜き屋の探索はすすんでいるか」

「君奴の知り合いを訪ね歩いては聞き込みをかけてるんですが、出てくるのは悪い噂ばかりでね。どこで足抜き屋と知り合ったか、さっぱりわからねえんで」

「誰ぞ見知らぬ男と立ち話していたところを見ていた奴はいねえのかい」

「見つからねえんで。けどねえ、旦那。見知らぬ奴なら、二六時中、この深川に出入りしてますぜ。なんせ、ここは、あちこちに岡場所が散らばっている土地《とこ》だ」

「どこを見ても見知らぬ奴ばかりということか」

「女たちの噂は女衒《ぜげん》に顔見知りがいれば手に入りやす。芸者の誰が銭に困っている、とか。どの局見世が女の扱いが悪くて足抜きしたがっている女郎がいる、とか。女衒は、女を売り買いする商い。うまく足抜きさせれば、一儲けできる道理で」

「女衒か。深川へ出入りしている女衒の見分けがつく、いい方法はあるのか」

「そんな方法、どこにもありませんや。女衒は、どこにでもいる町人の格好をしていますしね。政吉や富造に聞けば、なにかわかるかもしれやせんが」

「政吉や富造に聞いてきてくれ。おれは大番屋へもどる。支度をととのえねばならぬ」

「支度を？」

「今夜、同心たちが見廻りから帰り次第、手配りさせ佃一家に踏み込むつもりだ。明日になれば行徳一家の警戒も増すはず。何らかの手を打つかもしれぬ。この足で佃一家へまわり、まだ表戸に佃一家の代紋が記されていたら、事を決行する」

「それじゃ、あっしは蓬萊橋近くで待っておりやす。前原さんには、どう、つなぎやしょう」

「いまのところ行徳一家の奴らは前原を深川大番屋の手の者とは気づいていまい。奴らは、よそ者だからな。用心棒稼業の、胡散臭い浪人が、ぶらぶらと深川の町々を歩きまわっているのだろうとしかおもっていないはずだ。いずれ、わかることだが、いますこし、このままにしておきたい。探し出して、佃一家への押込みには加わらずともよい、とつたえてくれ。前原は弁天一家と佃一家の、残っているかもしれぬ子分たちの行方を追っている」

「政吉たちにも手伝ってもらいます。深川は、これでもけっこう広いですからね」

「頼む」

　とだけいい、錬蔵は安次郎に背中を向けた。浅く腰を屈めた安次郎も踵を返し、河水楼へ足を向けた。

五

佃一家の裏戸は閉まっていた。松倉、溝口、八木、小幡ら同心たちも錬蔵同様、編笠に着流し、といった出で立ちだった。安次郎は脇道の入り口に立ち、ぐるりに警戒の視線を走らせている。

「裏戸を蹴破れ」

うなずいて編笠を松倉と八木に渡した溝口と小幡が数歩、後退《あとじさ》って、うなずきあった。勢いをつけて走りだし、そのまま裏戸に体当たりした。派手な音を立てて裏戸の腰高障子が壊れて、内側に倒れた。溝口と小幡がぶち破った腰高障子を踏みつけて立ち止まり、振り返った。

錬蔵が編笠を取り穿《うが》たれた裏戸の脇に置いた。松倉と八木が、ならった。

大刀を錬蔵が抜きはなった。溝口たちも抜き連れて奥へ向かって歩いていく。

障子や襖は取り外されて壁に立てかけてあった。破れた障子や壁に飛び散った血の跡とおもえる染みがこびりついていた。まだ抜けきらぬ血の、饐《す》えたような臭いが漂《ただよ》っている。雨戸が閉じられていたために臭いが抜けきらなかったのだろう。

押し入れの戸もはずされていた。なかをあらためるには都合がよかった。

何者かが踏み込んで寝込みを襲ったとおもわれた。

と……。

気配を察したか溝口が動いた。その動きに呼応するかのように長脇差が突き出された。溝口が袈裟《けさ》懸《が》けに大刀を振るった。

敷居の奥の壁際に潜んでいたのか、肩を切り裂《さ》かれたやくざ者が断末魔《だんまつま》の声を発して、倒れ込んだ。見たことのない顔だった。

奥の座敷へ向かって錬蔵はすすんでいった。同心たちは一間ずつあらためながら、奥へ向かっていく手筈《てはず》となっていた。

奥の座敷の前の廊下で錬蔵は足を止めた。

なかを見つめる。

座敷に米俵が積み重ねてあった。数えると十七個ある。

米俵の山が鎮座している。あまり、お目にかからぬ、不釣り合いな景色であった。

立ち止まったまま錬蔵は、周囲に視線を走らせた。

人の気配はなかった。

近づいていった錬蔵は、首を捻った。米俵にしては大ぶりだった。

大刀で一番上の米俵の脇を切り開いた。

なかに二ヶ所を縄で縛り上げたものが入っていた。布で包まれている。縄を切ると、布で包まれたものは、崩れて、斜めになった。包んだ布とみえたものは小袖であった。切り裂かれて血がこびりついた小袖を身につけた人の肩が現れた。

「人の骸《むくろ》」

背後で声がした。走り寄った松倉が俵を見て呻いた。

「この中身は」

「おそらく佃一家の者たちの骸であろう。十七個ある。佃一家は何人いた」

「たしか十七人のはず」

「ならば佃一家は皆殺しにあったのだ」

遅れて座敷に入ってきた溝口、小幡、八木が、錬蔵のことばに顔を見合わせた。

「俵をならべてあらためろ」

大刀を鞘におさめながら錬蔵がいった。

緊張に顔を歪めて松倉たちが顎を引いた。

自身番に安次郎を走らせて荷車を手配した錬蔵は、二台の荷車を引いて駆けつけた番太郎たちに、佃一家の者たちの骸を運び出させた。

脇道の入り口には人だかりがしている。安次郎が駆り出してきたのか、政吉や富造が野次馬たちを奥へ入れないように通せんぼしていた。

「斬り捨てた男の骸はいかがいたしましょう」

寄ってきた溝口が問うた。

「佃一家の死骸とともに荷車に載せ、大番屋まで運べ」

「直ちに手配りします」

行きかけた溝口が、立ち止まり錬蔵を振り向いた。

「申し訳ありませぬ。手加減し生かしておくべきでした。手がかりとなったものを、しくじりました」

「そのこと、わかってくれればよい。すんだことだ。後々の探索に役立てることだ」

「以後、気をつけまする」

頭を下げ、奥へ向かった。

別の自身番からも番太郎が手助けに駆けつけてきたのか、野次馬をかき分けて脇道へ入ってくる。

錬蔵は野次馬のなかに見知った顔を見いだしていた。洲崎で三艘の船を調べていたときに声をかけてきた行徳一家の髭面の男であった。傍らに狐目がいる。一癖ありげな顔つきの者たちが、ふたりのまわりに数人ほど見受けられた。

髭面が錬蔵を凝然と見据えている。

そのとき、溝口に下知され潜んでいた男の死骸を番太郎がふたりがかりで運んできた。

荷台に男の死骸を載せたときに、髭面や狐目の顔が気色ばみ、殺気走ったのを錬蔵は見逃していなかった。

飛び出そうと身構えたまわりの男たちを、髭面が片手を上げて押しとどめた。髭面が躰の向きを変えた。狐目と男たちが憎悪を剝き出しに、骸が積み込まれた荷車を一《いち》瞥《べつ》し立ち去っていく。

髭面たちの動きを錬蔵は目線で追っていた。

(潜んでいた男は行徳一家の子分に相違あるまい)

髭面たちの様子から錬蔵は、そう推断していた。

(さて、どうするか)

番太郎たちの死骸運びをながめながら、錬蔵は次なる手立てを思案しはじめた。

昨日の寒さが嘘のようにたおやかな冬の陽が射すのどかな朝のはじまりだった。二十間川の流れも、陽光に映えて、きらびやかな小紋模様を描き出している。

春をおもわせる麗《うら》らかな日和は昼をすぎても変わることはなかった。道を行く人たちの足取りも、こころなしかのんびりとしたものにおもえた。が、蓬萊橋を渡ってきた小者ふたりが引く荷車には、剣呑な気配が感じられた。こんもりとしたものに筵《むしろ》がかけられていた。形からみて、人の死体とみえた。

その荷車には巻羽織に着流しといった、同心ともみえる姿の錬蔵が付き添っていた。安次郎がしたがっている。

蓬萊橋を渡り左へ曲がった錬蔵たちは河岸道を入船町へ向かっていた。

河岸道が右へ折れるあたりで、行徳一家の子分十数人が木刀を手に打ち合っていた。溝口の見廻りは何の意味も持たなかったようだった。

悠然とすすんでいった錬蔵は、片手に持った木刀を肩に置いて三下たちの打ち合いに鋭い視線を注いでいる狐目の男に声をかけた。

「行徳一家の者か」

「左様で。棒振りごっこは御法度にふれますんで」

浅く腰を屈めて狐目の男が薄ら笑いを浮かべた。

「親分はいるか」

「どなたさまで」

鼻先で、錬蔵が小馬鹿にしたように笑った。

「親分に直接取り次げぬほどの三下か。もうよい。なかに入って聞く」

「てめえ」

狐目の男の目が、さらに吊り上がった。行きかけた錬蔵の行く手を塞《ふさ》いで立った。

木刀を持った男たちが狐目の背後を固めた。

「骸の顔あらためをしてもらおう、とおもって来たのだ」

「顔あらため？　何のために」

「様子がおかしいので踏み込んで調べたら、佃一家の死骸が米俵に擬《ぎ》して積み上げられていた。何者かに襲われ、皆殺しにあったらしい」

「佃一家が皆殺しにあったことが、あっしら行徳一家と、どんなかかわりがあるというので」

「それがあるのだ」

「何だと」

狐目の男が袖をまくり上げ、木刀を握りしめた。

「こ奴、どうやら佃一家の骸の番人をやっていたらしいのだ」

安次郎へ向かって顎をしゃくった。うなずいた安次郎が筵をめくった。溝口に袈裟懸けに斬られた男だった。

狐目が、子分たちが息を吞むのがわかった。

探る目で見やって錬蔵がつづけた。

「こ奴の顔を見知っている者がいてな。行徳一家の子分だと、いうのだ」

「知らねえ。そんな奴の顔、見たこともねえ」

狐目が顔を背けて、吠《ほ》えた。

「おめえには聞いてねえ。親分に取り次げ。取り次ぐ気がないのなら押し入るだけだ」

錬蔵が一歩踏み出したとき、

「野郎」

と吠えて、子分のひとりが打ちかかってきた。

素早い動きだった。わずかに身を引いた錬蔵は子分から木刀を奪い取るや、したたかに肩を打ち据えていた。

骨の砕ける鈍い音がした。

倒れた子分が肩を押さえて呻き声を上げ激痛にのたうった。

「てめえ」

木刀を振り上げた狐目が殺気を漲《みなぎ》らせた。子分たちが錬蔵たちを半円に取り囲んだ。

「詮議に来ているんだ。御法度にのっとってのこと。逆らう奴は許さねえ。いまの野郎は肩の骨を砕く程度ですませたが、次は容赦はしねえ。脳天、叩き割ってやる」

片手で持った木刀を錬蔵が八双に構えた。

一歩前にすすむ。

「野郎」

「行徳一家を舐めやがって」

口々にわめきながらも狐目が、子分たちが、一歩下がった。

さらに一歩、錬蔵が足を踏み出す。

狐目たちが、さらに一歩下がった。

右手の子分が打ちかかろうとした。

じろり、と錬蔵が鋭い目を向ける。

息を呑んだ右手の子分が躰を竦ませた。

一歩、さらに一歩と錬蔵がすすんでいく。その動きにつれて狐目たちは後退った。
行徳一家の表戸は数歩のところまで迫った。
窮鼠猫《きゅうそ》を噛むの譬《たと》えどおり、狐目たちの顔には捨て鉢な殺気が宿っていた。
まさしく、一触即発……。
その場には、凄《すさ》まじいまでの緊迫が漲っていた。

三章　乱刃血風《らんじんけつぷう》

一

「何騒いでるんでえ」

奥から声がかかった。

錬蔵の前を塞《ふさ》いでいた狐目が振り返った。

「深川大番屋の旦那が親分に会わせろ、と仰有《おつしや》るんで」

上がり端に男が立っていた。髭面の男だった。

「親分に何の用があるというんだ」

「骸《むくろ》の顔あらためをしてくれ、ということで」

「骸の顔あらため？」

問い直した髭面に錬蔵が声をかけた。

「昨日、佃一家に踏み込んだとき、手の者が斬り殺したやくざ者だ。死骸の番をしていたらしい。潜《ひそ》んでいて斬りかかってきた。それで、仕方なく斬った。行徳一家の子分だ、という者がいてな。それで、顔あらために死骸を運んできたというわけだ」

行徳一家の子分だといっている者がいる、ということは真っ赤な嘘だった。行徳一家に乗り込む手立てとして錬蔵が考えついた苦肉の策であった。

狐目が躰をずらした。髭面と錬蔵が見合う形となった。

「旦那とは、洲崎で会いやしたね」

「おまえか。親分に取り次いでくれ」

「あっしじゃ駄目ですか。代貸をつとめる鎌五郎《かまごろう》でございます」

浅く腰を屈《かが》めた。

「そいつは、聞けねえ話だな」

「何ですって」

気色ばんだ鎌五郎に錬蔵が告げた。

「おれは、深川大番屋支配の大滝錬蔵だ」

「深川大番屋の御支配さまでござんすかい」

驚愕を露《あら》わに鎌五郎が声をあげた。狐目ら子分たちが息を吞んだ。

「深川に根を下ろすつもりの行徳一家の親分に深川大番屋の頭《かしら》が挨拶に来たのだ。親分が対応するのが筋ではないのか」

「その通りでございます。おめえら、失礼があっちゃならねえぞ」

背後からかかった声に鎌五郎が身を引いた。

色黒の、目つきの鋭い鉤鼻《かぎばな》の男が奥から姿を現した。大柄の、引き締まった体軀に周囲を圧する威圧感が備わっていた。行徳一家の親分、万造とおもえた。

狐目ら子分たちを見据えた。

「深川大番屋の御支配さまが、わざわざ足を運んでくだすったんだ。道をあけねえかい」

狐目たちが左右に割れた。

万造が上がり端に坐った。鎌五郎も半歩下がる形で脇に坐った。錬蔵を見つめて鉤鼻の男がいった。

「行徳の万造でございます。以後、お見知りおきください」

「名乗りの儀は先刻、すませた。省《はぶ》かせてもらうぜ。お互い、忙しい身だ。手早く用をすましてえ」

「顔あらためをしてほしい、ということでございますが、いまのところ、欠けた子分はおりやせん。鎌五郎、そうだな」

ちらり、と万造は視線を流した。

「へい。そのとおりで」

狐目や子分たちが目を伏せたのを錬蔵は見逃していなかった。気づかぬふりをして、いった。

「そうかい。親分と代貸が口を揃《そろ》えていってるんだ。疑うわけにはいかねえな。見間違いってことも、あるからな」

荷車に顎《あご》をしゃくって、つづけた。

「あの仏だがな、わざわざ運んできたんだ。大番屋まで積んでもどるのも面倒だ。どうだい。同じ、やくざ渡世のよしみで葬ってくれねえかい」

「やくざ渡世のよしみで葬れ、と仰有るんで」

探る視線で万造が錬蔵を見やった。

「親分、こいつは厄介な申し出ですぜ」

露骨に、錬蔵に警戒の目を向けて鎌五郎がいった。

「厭《いや》かい。無理にとはいわねえが、葬ってくれると手間が省けて助かるんだがな」

「しかし、何のかかわりもない者を、いくらご同業だといっても、葬る義理はねえとおもいやすが」

丁重に鎌五郎が応えた。万造は無言で錬蔵を見つめている。

「それじゃ仕方ねえな。このまま積んでもどって無縁仏として、どこぞの寺に放り込むしかなさそうだ。邪魔したな」

背中を向けたとき、狐目が声をあげた。

「旦那、待っておくんなせえ」

「何だ」

と足を止めた錬蔵に、

「その仏、無縁仏で葬るにしても、あっしら同業の者が弔《とむら》ってやったほうが何かと渡世の義理が立つ、とおもいやす。親分に頼んでみやす」

と腰を屈めた。子分たちも、それにならった。

無言で錬蔵が、目線を万造と鎌五郎に向けた。

「宗三《そうざ》、余計なことをするんじゃねえ」

腰を浮かせて鎌五郎がいった。声が尖《とが》っていた。狐目は、宗三という名らしい。

「親分」

呼びかけた宗三に行徳の万造が、

「深川大番屋の御支配さまも、葬ってくれ、と仰有っている。御支配さまへの挨拶がわりに同業の者を弔ってやるのは、いいことかもしれねえ。宗三、おめえたちが面倒じゃなければ情《なさ》けをかけてやるがいいぜ」

「そうしやす」

とうなずき、振り向いて、

「骸を運び込みな」

子分たちが一斉に荷車へ走った。死骸を持ち上げようとした子分たちに錬蔵が声をかけた。

「筵《むしろ》ごと運んでいいぜ。どうせ二度と使わないものだ」

「そうさせていただきやす」

頭を下げた宗三が荷車に向かった。

「敷いてある筵ごと持ち上げるんだ。中庭へ運びな」

顎を引いた子分たちが筵ごと男の骸を前後左右から持ち上げた。

家の中へ運び込んでいく。

荷車の轅《ながえ》の脇に安次郎が身を寄せた。

「帰るぜ」

安次郎と小者に声をかけた錬蔵が、万造たちを振り向いて告げた。

「すっかり手間かけちまったな。引き上げさせてもらうぜ」

「御苦労さまでございます」

万造が頭を下げた。慌てて立ち上がりかけた鎌五郎を手で制して、

「見送りはいらねえぜ。おかげで身軽くなった。ありがとうよ」

微笑んで錬蔵が踵《きびす》を返した。荷車の軛《くびき》を引いていく小者が轅を抱え上げた。後ろを押す小者を安次郎が手伝って、荷車が動き出した。先を行く錬蔵を追って、小走りになった安次郎たちが荷車をすすめた。

鞘番所へ引き上げてきた錬蔵は用部屋で安次郎と向かい合って座した。

「どうやら見込み通り、骸の男は行徳一家の子分らしいな」

「あっしもそうおもいやす」

応えた安次郎に錬蔵が、

「前原が探索から帰ってくるのは何刻《なんどき》ぐらいかな」

「いつも五つ（午後八時）は過ぎていらっしゃるんじゃねえかと」

「五つか」

呟《つぶや》きに似た口調だった。

しばし、黙り込む。

ややあって、錬蔵が安次郎に顔を向けた。

「お俊につたえてくれ。明日にでも前原を旅立たせたい。おもいつくかぎりの旅支度をしておいてくれ、とな」

「前原さんを、旅にですって。前原さんには、お子がふたりもいる。親子を引き離しちゃ可哀想だ。あっしが代わって行くわけにはいきませんかね」

「この大番屋で、深川の隅々まで知り尽くしているのは、おまえしかいない。深川に居続けて、すすめてもらわねばならぬ新たな探索ができた」

「新たな探索？」

「行徳の万造たちは三艘の船に乗って、江戸湾を岸沿いにやってきて洲崎に上陸したのだ。土手に船が繋がれたままになっていることで、船を使ったということは、はっきりしている」

「その後の足取りは、まったく摑めていません。三十人という多人数。人の目に留まってもおかしくねえのに、見た者がいねえ。狐につままれたような話ですぜ」

「三々五々と散っていったに違いない。深川は縦横無尽《じゆうおうむじん》に堀川が走っている処《ところ》だ。深川のあちこちで何艘かの船に乗り込む手筈《てはず》が、あらかじめ、ととのえてあったとしたら」

「逃がし屋ですかい」

「そうだ。行徳一家と逃がし屋の間に段取りができていたら、人の目に触れる場が少なくなるのではないか」

「たしかに」

「弁天一家、佃一家とも、いつ殴り込まれたかわからぬ。佃一家は茶屋が建ちならぶ鶩《あひる》の近く、人通りがいつ絶えるか知り尽くしておらねば、人目につかぬよう殴り込むことは難しいのではないのか」

「佃一家の裏戸から入り込んだのは敷居に残る痕跡《こんせき》からあきらか。しかも裏戸は脇道の奥。ひとり、ふたりと、少しずつ脇道へ入っていけば気づかれるはずはありませんや」

「それも時をずらして蓬萊橋近くの土手に着けた船から上がれば、気にする者は誰もおるまい。長脇差など帯びずともよい。誰かが小商人を装って長脇差をしまい込んだ風呂敷包みなどを持って脇道へ入っていけばすむこと」

「二十間川を猪牙舟が何艘、漕ぎすすんでも誰も怪しみませんや。旦那の見込み、どんぴしゃりの大当たりですぜ。船宿の船頭たちに聞き込みをかけりゃ、どこの船が夜遅く動いていたか、わかります」

「それと、行徳一家、行徳の万造と名乗ってはいるが、はたして、あ奴らが行徳から来たかどうか、わからぬではないか」

「それでは前原さんの行く先は、行徳」

「そうだ。行徳から来たとしたら、行徳に奴らの足跡が残っているはずだからな」

「わかりやした。さっそくお俊につたえに行きやす」

安次郎が立ち上がった。

二

翌朝早く、鞘番所の裏門から出て行く前原の姿があった。編笠をかぶっている。近くへふらりと出かけるような身軽な出で立ちであった。歩きやすいように旅に出るときには、誰でも用いる草鞋《わらじ》すら履《は》いていなかった。

昨夜もどってくるなり前原は、門番所の門番から、

「御支配が、もどったら、まっすぐ用部屋へ顔を出してくれ、と仰有っておりました」

とつたえられた。

用部屋では、まだ錬蔵が文机に向かって書き物をしていた。

入ってきた前原を見るなり錬蔵が告げた。

「明日から行徳へ出かけてくれ」

「行徳一家について調べるのですな」

応えた前原に錬蔵が、

「行徳の万造はじめ一家の者たちについて、摑みうるかぎりのことを、な。それと」

「それと」

「いまのところ、はたして行徳が奴らの本拠かどうか、そのことすらわからぬ。奴らが深川へ乗り込んできた狙《ねら》いが奈辺《なへん》にあるか、知る必要がある」

「行徳一家の向後の動きを知るためにも、その理由《わけ》を突き止めねばなりませぬな」

「あまり、のんびりもできぬ。無理をいうが、出来うるかぎり早く仕遂げてくれ」

顎を引いた前原にも、事態が急を要することは、よく理解できた。

「明早朝、旅立ちまする」

そういって用部屋を後にしたのだった。

行徳船場は小網町《こあみ》三丁目の行徳河岸にあった。行徳河岸は土人《どじん》新河岸とも呼ばれ、旅籠《はたご》が建ちならび、かなりの賑わいをみせていた。

行徳船場から行徳まで船路で三里八丁（約十二・五キロ）であった。

船は、二十四人乗りのものが用いられた。船頭はひとり。旅客だけでなく魚貝・野菜など小荷物の搬送にも、あたった。

小網町の行徳船場の河岸より中洲へ抜けて大川を横切り釜屋《かまや》堀を東へすすんで中川《なかがわ》から新川《しんかわ》へと抜ける。さらに一之江《いちのえ》、桑川《くわかわ》、下今井《しもいまい》とたどり、江戸川を遡《さかのぼ》って行徳新河岸へ着く、というのが、行徳までのつねの航路であった。

船便が始まったときは十六隻だった船数は最盛期には六十隻を超えた。

行徳は房総《ぼうそう》・常陸《ひたち》の国々へ向かう街道の起点であり、殷賑《いんしん》を極めた。

船の舳先《へさき》近くに乗った前原は大刀を抱くようにして坐った。前方を見つめる。江戸湾に白浪が立っている。いつもより波が荒かった。

「船が出るぞ」

と船頭がよばわった。慌てて船着き場へ走ってくる数人の小商人風の旅人がいた。旅人たちが乗り込んだのを見届けて船頭が艫綱《ともづな》を解いた。

棹《さお》で岸を突く。

ぐらり、と船が揺れ、舳先が川面を割った。

「波が荒い。揺れるので気をつけてくだせえ」

棹を櫓《ろ》に持ちかえた船頭が声をかけた。

冬の時節である。

海から吹いてくる風が、前原の頰を凍えさせた。冷えた波飛沫《しぶき》が顔にかかる。耳朶《じだ》が氷の刃で切り裂《さ》かれるかのような感覚にとらわれていた。おもわず腕を縮《ちぢ》め、袂《たもと》のなかに手を入れた。

右に左に傾ぎながら船はすすんでいった。まもなく中洲を過ぎる。大川へ入れば、船の揺れは少しはおさまるはずであった。

いつものように安次郎と早朝の木刀の打ち合いをやっていた錬蔵が、

「待て」

と打ち込もうとした安次郎を手をあげて制した。吐く息が白い。

「何か」

動きを止めて安次郎が問うた。

「誰か来たようだ」

「見てきやしょう」

と裏戸へ歩み寄り、開けた安次郎が、

「おう、来てくれたのか。気分は鎮《しず》まったのかい」

と声を上げた。

錬蔵を振り向いて安次郎が、

「お紋が朝飯の支度をしてくれます。たっぷり稽古ができるというもので」

裏戸を閉め、もどってきて錬蔵と対峙《たいじ》した。

木刀を大上段に構える。

息をととのえた安次郎は渾身の力を込めて錬蔵に向かって打ち込んでいった。

竈《かまど》で薪《まき》が燃えている。薪の炎が台所と、つづく板敷を温めていた。お紋が気をきかせたのだろう。火鉢に赤々と炭火がこめられていた。

稽古着から小袖に着替えた錬蔵が火鉢に手をかざしている。

襷《たすき》がけしたお紋が箱膳を運んできて錬蔵の前に置いた。安次郎が鍋から蜆《しじみ》の味噌汁を汁椀に注ぎ、自分の箱膳に載せる。運んできて板敷に上がり、錬蔵から少し離れた一隅に坐った。お紋が、自《みずか》らの箱膳を手にして板敷の上がり端に腰を下ろした。

お紋は、朝餉をつくりに来るようになってから、ほどなくして自分の使う箱膳を持ち込んできた。錬蔵や安次郎と一緒に朝餉をすませ後片付けをして帰って行く。

安次郎は、当初は、

（遠慮ってものがあるだろう。箱膳を持ち込むのなら、持ち込むと、一言断わりがあってもいいだろうに）

と眉をひそめたものだが、錬蔵は一向に無頓着で、かえって朝餉をつくりにお紋が通ってきてくれるのを、ありがたがっている様子なのだ。

（なら余計な口出しをする必要はないやな）

と気づかぬふうを装っている安次郎だった。

箱膳は、箱のなかにそれぞれが用いる茶碗、汁椀などの食器や箸《はし》を入れ、食事のときには蓋《ふた》をお膳がわりに使った、いわば、ひとり用の、持ち運びのできる食卓とでもいうべきものだった。

その箱膳を持ち込むということは、半《なか》ば自分の家同然のつもりでいる、とおもわれても仕方のないことであった。

いつもは後片付けを終え軽口のひとつふたつを叩くだけで引き上げていくお紋が、今朝は、なぜか帰らない。口をきくでもないのに錬蔵の近くに坐って、お茶を飲んでいる。

安次郎は、そんなふたりを見やって、

(用事もねえだろうに、何をするでもなく坐り込んで。旦那はともかく、いつものお紋らしくねえ様子だぜ)

と首を傾げたのだった。

用部屋へ出かける刻限になって錬蔵が腰を浮かせて、お紋に声をかけた。

「用部屋へ行かなきゃならねえ。足抜き屋の探索は、いまいち、すすんでねえ。いい話ができなくて申し訳ねえが勘弁してくんな」

顔を向けてお紋がいった。

「聞いてもらいたい話があるんだよ」

坐り直した錬蔵が、

「聞かせてもらおう」

「君奴ちゃんのことなんだよ」

「君奴のこと?」

「みんな、君奴ちゃんのことを勘違いしてるんだよ」

「勘違い?」

「君奴ちゃんは、優しくて、世話好きないい子なんだよ。ただ、お節介なところがあってね。余計なことまで、面倒みちまうのさ。自分がおもっていたような気持を相手が返してくれないときは、これ以上ないくらい怒るんだ。怒って、怒って、怒りまくるけど、それは、その場限りのこと、次の日は、すっかり忘れて、前と同じように接してくる。ただ、その変わりように、まわりがついていけない。だから、付き合いがぎくしゃくしちまうのさ」

横から安次郎が口を出した。

「お紋、おめえは、そういうけど、傍《はた》の者にすりゃ無理もねえことだとおもうぜ。昨日、悪口雑言《あっこうぞうごん》、悪態《あくたい》のかぎりを尽くしたのに日が変わったら、いつものようにことばをかけてくる。昨日のことを持ち出したら、途端に不機嫌になって『あたしが仲直りしようとしてんのに、一文句あるのかい』と怒り出す。君奴といい仲だった男がいっていたぜ。あの気まぐれにはついていけねえ、とな」

「喧嘩別れした男だから、そういうのさ。口は悪いし、ころころと気が変わって、怒りっぽいのは玉に瑕《きず》だけど、ほんとのところは、面倒見のいい、自分の身を粉にしても、とことん尽くす女なのさ。いつも本気で死に物狂いで尽くす女なんだよ。だからお父っつぁんの面倒を見つづけていたんだ。借金だって、自分の使う金じゃないんだ。みんなお父っつぁんや恋しい男から頼まれて借りてるんだ。だから、世間の噂に惑わされないでおくれ。お願いだよ、旦那」

一気に喋《しゃべ》りつづけたお紋が縋《すが》るように錬蔵を見つめた。

口を挟むことなく聞き入っていた錬蔵が、お紋の眼差しを受け止めて、

「そのこと、気に留めておこう」

「ほんとかい。わかってくれるのかい、君奴ちゃんのこと」

「君奴にたいする、おまえの見方はわかった。だがな、お紋、それは、おまえと君奴の間だけのことかもしれぬ。他の者にたいしては君奴は違った面をみせていたかもしれぬ」

「それじゃ旦那は、君奴ちゃんを世間の噂どおりだとおもっているんだね」

「いや、違う。どちらも君奴だとおもっている。どちらが、ほんとの君奴か、おれにはわからぬ。だがな、お紋」

「何だい。君奴ちゃんのことを悪くいわない、とだけは約束しておくれよ」

いつもの威勢のよい、お紋の物言いではなかった。

「お紋にとっての君奴は、いま、おまえがいったとおりの女だろう。それで、いいではないか」

「それでいい？　どういうことだい」

「お紋にとっての君奴は、いま、おまえが心に抱いている君奴のままで、いいではないか。他人がどういおうが、おまえのこころのなかで生きつづける君奴は、優しくて、面倒見のいい、深川の女なのだ」

「そうだね。そのとおりだね。たしかに、そうなんだよね」

自分に言い聞かせるようなお紋の口調だった。

微笑んで錬蔵がお紋にいった。

「足抜き屋の探索は主に安次郎がやっている。時間《とき》を取らせて悪いが君奴がこのところ会っていた連中のことを、知っているかぎり安次郎に話してやってくれ」

「話すよ。竹屋の太夫、どんなことでも聞いておくれ」

顔を向けてお紋が安次郎にいった。

「また竹屋の太夫かい。いまは深川鞘番所の、大滝の旦那の下っ引きだぜ」

「いけない。呼びなれてるものだから、つい、いってしまう。竹屋の親分。何でも聞いてくださいな。洗いざらい、包み隠さず、お話し申し上げますよ」

「その調子だ。いつものお紋らしくなってきたぜ」

ふたりのやりとりを笑みを浮かべて錬蔵が見やっている。

三

通りの両側に大島《おおしま》町の町家が建ちならんでいる。下っ引きふたりを引き連れた八木周助は大島川に架かる平助橋《へいすけばし》を越中島《えっちゅうじま》へ渡った。左へ折れると石置場となる。岡場所のひとつとして賑わっている、俗に石場《いしば》と呼ばれる一帯であった。

いましがた入江町の時の鐘が八つ（午後二時）を告げて鳴り渡った。春をおもわせる季節外れの温かな陽差しが照りつけている。

河岸道沿いに石場の茶屋がならんでいる。短い冬の陽でも沈むには、まだ、かなりの間があるというのに、仕事を早仕舞したのか、あぶれたのか職人風の数人の男たちが、ぶらぶらと歩いている。局見世《つぼねみせ》へでも行き遊女の品定めでもする気でいるのだろう。

突然……。

「喧嘩だ」

との声が上がった。

下っ引きを振り返った八木が、

と声をかけるや走り出した。ふたりの下っ引きがつづいた。

前方に人だかりがしている。

「どけ。御用の筋だ」

駆け寄った八木がよばわった。野次馬たちがふたつに割れた。

割れたところから、ひとりの男が転げ出た。後を追って三人の男が現れた。ひとりは狐目の男だった。

転げ出た男の顔面を狐目が蹴り上げた。

「宗三兄貴、役人だ」

背後の子分から声が上がった。

蹴り上げた男の顔面を踏みつけて宗三が八木を見据えた。

出会い頭となった八木が身構えた。

ふっ、と不敵な笑みを浮かべた宗三が、

「旦那、やくざ同士の喧嘩だ。遠慮しておくんなせえ」

気圧《けお》された八木が懸命に虚勢を張って告げた。

「ここは天下の大道だ。喧嘩は許さねえ」

「天下の大道でなければ、いいんだな」

吠《ほ》えた宗三に八木が、

「てめえ、逆《さか》らうのか」

と十手を振り上げた。

「行徳一家と石場一家の揉《も》め事にお役人が顔を突っ込もうっていうのかい。喧嘩両成敗ってのが決まりのはずだ。行徳一家にだけ手え出すのは片贔屓《かたひいき》ってものだぜ」

「てめえは行徳一家か」

「そうよ。赤鳥居の宗三だ。覚えておいてくんな」

凄《すご》んだ宗三の顔を見て、

（赤鳥居とはよくいったものだ）

と八木は変な感心の仕方をしていた。

稲荷の社《やしろ》に立つ赤い鳥居を、狐に似た自分の顔つきに重ね合わせて引っ張ってきたのだろうが、まさしく、

〈名は体を表わす〉

二つ名であった。

おもわず八木は応えていた。

「ぴったりの名だ。覚えておく」

「そう素直に出られたら邪険にもできねえな」

その顔から剣呑なものが失《う》せていた。

「顔を踏みつけた男を逃がしてやれ。おれの顔を立てろ」

「顔を立てろ、ときやしたか」

首を傾げて宗三が黙り込んだ。

しばしの間があった。

「ようござんす。今日のところは、旦那の顔を立てやしょう」

いうなり踏みつけていた顔から足をはずした。

鼻血を出した石場一家の子分が這《は》いつくばるようにして逃れ、立ち上がるなり脱兎《だっと》の如く走り去った。

「以後、お見知りおきを」

浅く腰を屈めて宗三がいい、

「引き上げるぞ」

三下たちに顎をしゃくった。裾をめくって走り去る宗三を三下たちが追った。

群がっていた野次馬たちが四方に散っていった。

「行くぜ」

下っ引きに声をかけ八木が歩きだした。

帳場の奥の、藤右衛門が河水楼にいるときの常部屋である座敷に、錬蔵と安次郎が坐っていた。戸襖の近くに猪之吉が控えている。

「いま政吉を迎えにいかせました。主人《あるじ》は三十三間堂の店におります。小半刻（三十分）もすれば、もどってきます」

目を向けて錬蔵がいった。

「前触れもなしに訪ねてきたのだ、待つのは当たり前だ」

「それでは茶でも」

猪之吉が立ち上がった。

同じ座敷で錬蔵と藤右衛門が向かい合って坐っていた。錬蔵の脇に安次郎が、藤右衛門の後ろに猪之吉、富造、政吉が控えている。

藤右衛門が口を開いた。

「わざわざ大滝さまが出向いてくださったということは、いよいよ猪之吉たちの出番が来ましたか」

「とりあえず猪之吉と政吉、富造の三人に手助けをしてほしい、とおもってな。頼みに来たのだ」

小さく頭を下げた錬蔵を手を上げて制した藤右衛門が、

「頭を下げていただく筋合いのものではございませぬ。河水の藤右衛門、これ以上、足抜き屋を野放しにするわけにはいきません。深川の色里で商売をする男の沽券《こけん》にかかわります」

「実のところ、足抜き屋の探索に仕掛かっているのは、この安次郎ひとりなのだ。探索はおもうように、はかどっておらぬ。とんでもない奴らが、この深川に現れて、な。それで天手古舞《てんてこま》いというのが、ほんとうのところだ」

「存じております。行徳の万造を親分とする一家が弁天一家を乗っ取って住みついているそうで」

「佃一家も皆殺しにあった。誰の仕業かわからぬ」

「おそらく行徳一家の仕業でございましょうよ。弁天一家も、佃一家のように皆殺しにあったのでしょう」

「それがな。弁天一家の死骸が、どこに消えたか、さっぱりわからぬのだ」

「左様でございますか。実は、富造がおもしろげな喧嘩沙汰《ざた》にでくわしましてな」

「おもしろげな喧嘩沙汰？」

「富造から話したほうが、よろしいか、と」

目を向けた藤右衛門が富造を促すように顎をしゃくった。

富造が膝に手を置き、姿勢をただした。

「一刻ほど前のことでございやす。石場へ出かけて人捜しをしていたとおもってくだせえ。突然、怒鳴り声が聞こえたとおもったら喧嘩が始まって、三人がひとりを寄ってたかって殴る蹴るしておりやす。野次馬に混じって眺めておりやすと、鞘番所の八木さまが見廻りに来られて止めに入られました」

「八木が？」

「それで喧嘩は一応、おさまったのですが」

「一応、というと」

問いかけた錬蔵に応えにくいのか、富造が、ちらり、と猪之吉に視線を走らせた。

強い口調で猪之吉がいった。

「ありてえに申し上げろ。気ぃ悪くされる大滝の旦那じゃねえ」

うなずいた富造が、再び話しはじめた。

「行徳一家の奴らが石場一家の子分を痛めつけていたんですが、割って入られた八木さまに、行徳一家の赤鳥居の宗三と名乗った兄貴分らしい男が凄みをきかせやして」

「八木が怯《ひる》んだか」

申し訳なさそうな顔つきとなって富造がうなずいた。

「見ていても、はっきりとわかりやした。顔を真っ赤にして、十手を振り上げられたんですが、赤鳥居の宗三には通じなかったらしく、薄ら笑いを浮かべて凄む有り様で」

横から安次郎が口をはさんだ。

「赤鳥居の宗三というのは、狐目の、細面の男じゃねえですかい」

「その通りで。目の吊り上がった、いかにも油断のならねえ顔つきの男でしたぜ」

応えた富造に錬蔵が、

「それで八木は、どうしたのだ」

「赤鳥居の宗三という野郎、駆け引きの巧《たく》みな野郎で、八木さまの顔を立てるふりをして、あっさり引き下がりやした」

「そうか」

呟くようにいって錬蔵は黙った。

〈行徳一家は石場一家に狙いをつけている〉
との確信が生じていた。
〈何時襲うか〉
間近な気がする。
〈石場一家に見張りをつけるか〉
ともおもったが、
〈石場一家がいやがるであろう〉
と思い直した。
いやしくも、やくざは、
〈男を売る稼業〉
なのだ。
張り込ませるにしても陰ながら、見張らせるしかあるまい、とおもった。
視線を富造に注《そそ》いで問うた。
「他に気づいたことはなかったか」
申し訳なさそうに富造が応えた。
「あっしは、野次馬と一緒に立ち去りましたんで、後のことはどうも」

「そうか。いい話を聞かせてもらった」

「どうやら、次に狙われるのは石場一家と決まったようですな」

黙って話を聞いていた藤右衛門がいった。

「そうかもしれぬな」

曖昧《あいまい》な錬蔵の物言いだった。藤右衛門に目を向けて、告げた。

「足抜き屋にはかかわりのないことかもしれぬが、どうやら行徳一家に逃がし屋が手を貸しているようなのだ」

「行徳一家に逃がし屋が?」

「そうだ。行徳一家は三十人ほど。三艘の船に乗り、洲崎に上陸した。三艘の船は土手に運び上げられ、そのままになっている。問題はその後のことだ」

「足取りが途絶えたのですな」

「多勢のこと、人目につかぬはずはない。それで逃がし屋がからんでいると睨《にら》んだのだが――」

「平野川、二十間川沿いに船を着けて待つ。ふたりか三人、目立たぬように、かねて段取りがつけてあった船に乗り込む。そういうことですな」

「足抜き屋の足取りがたどれないのも手を組んだ逃がし屋が水路を巧みに使ってい

る、と考えられないこともない」

　ふむ、と藤右衛門が首を傾げた。

「逃がし屋でございますか。これは、なかなか厄介なことになりましたな」

「足抜き屋と組んだ逃がし屋のことは手がかりを摑みにくいが、行徳一家とつるんだ逃がし屋についてはたどれるかもしれぬ」

「いい手立てがありますかな」

「行徳一家が深川に乗り込んできた日から数日の間に、二十間川を頻繁に往《い》き来《き》した船の船頭を探し出すことはむずかしいかな。夕刻から深更にかけて動き回った船を見つけ出せば何とかなるとおもうが」

　ほう、と藤右衛門が息を吸い込んだ。感心したようにいった。

「餅《もち》は餅屋、といいますが、さすがに大滝さま、目のつけどころが違いますな。三十人もの男たちを運ぶには船を何度も往き来させなければならない。何艘かの船を使っても、必ず同じ水路を往き来した船があるはず。そういうことですな」

　うなずいた錬蔵が、

「船宿の船頭たちに聞き込みをかけるには、日頃から船頭たちと顔を合わせることの多い猪之吉、政吉、富造たちのほうが安次郎よりも、何かとやりやすい、とおもう。

是非《ぜひ》とも安次郎の探索を手伝ってもらいたい」

「わかりました。ともに探索しあう、と約定はできております。竹屋の太夫、猪之吉たちをよろしく頼みますよ」

笑いかけた藤右衛門に安次郎が硬い顔つきで、

「あっしの方こそ、よろしくお引き回しくだせえ」

と藤右衛門に応え、猪之吉たちに向かって頭を下げた。

無言で猪之吉たちが顎を引いた。

四

河水楼で藤右衛門や猪之吉、政吉、富造たちと逃がし屋と足抜き屋にかかわる話し合いを持った錬蔵は安次郎を残し、鞘番所へもどった。

門番所に声をかけると門番から、

「お俊さんが御支配に相談したいことがあるので、帰られたら知らせてくれ、と申しておりましたが、いかがいたしましょうか」

と問いかけられた。

「おれが、前原の長屋へ向かおう」

と応え錬蔵は足を向けた。

近づいていくと子供たちのはしゃぐ声がしている。前原の娘の佐知と弟の俊作が遊んでいるのであろう。

その声に、なにやら、ほの温かいものがこころのなかに広がっていくのを錬蔵は感じていた。いつしか和《なご》んだ気持となっていた。

近づいていくと、物干し場でお俊は洗濯物を取り込んでいた。そのまわりを、追いかけっこでもしているのか佐知と俊作が走り回っている。錬蔵の目には、お俊と佐知、俊作の姉弟は、まるで母子のようにみえた。

膨大な量の洗濯物だった。お俊は深川大番屋詰めの錬蔵はじめ同心四人、安次郎、前原の洗濯物を取り込む役回りを押し付けられていた。見廻りなど外へ出ることの多い探索方の同心たちにとって、時には洗濯までしてくれるお俊は、実にありがたい、なくてはならぬ存在になっていたのだった。

近寄ってくる錬蔵に気づいたのか、お俊が振り返った。

「旦那、今日は、お早いんですね」

「調べたいことがあってな。それで引き上げてきた。おれに相談したいことがある、と聞いたが、どんなことかな」

「わたしに探索を手伝わせてくれませんか」

単刀直入な、お俊の物言いだった。

「探索を？　猫の手も借りたいほどの有り様だ。申し出はありがたいが、いまは、このままでよい」

「そうですか。みなさんの動きを見てると、わたしには、そうはおもえませんが」

おもわず錬蔵は微笑んでいた。

（見てないようで、よく見ている）

とおもったのだった。さすがに、

（掏摸《すり》の姐御《あねご》として鳴らしただけのことはある）

と半ば感心もしていた。子供たちの相手をさせておくには、もったいないほどの度胸と勘ばたらきを持ち合わせているお俊なのだ。聞き込みや張り込みなどの探索をさせれば、かなりの働きをしてくれるだろう。

「いずれ探索にくわわって存分に働いてもらうときが来る。前原が帰ってくるまでは、ふたりの子の母親がわりをしていてくれ。子供たちから父と母がわりを奪ってしまうのは、どうにも気が重いのでな」

「そうですね」

と呟き、お傚が子供たちに目を向けた。元気に遊んでいる子供たちが屈託のない笑い声を上げげた。知らず知らずのうちに、お傚が笑みを浮かべている。

錬蔵に視線をもどして、お傚はつづけた。

「たしかに」

「探索に仕掛かってほしいときは声をかける」

「そのときは存分に働かせてもらいます。わたしは、旦那のお役に立ちたいんだ」

じっと見つめたお傚の目の奥に、錬蔵への恋慕の炎が揺れた。

が、錬蔵が、それに気づくことはなかった。

「何かあったら声をかけてくれ。用部屋にいる」

それだけ告げて、お傚に背中を向けた。

立ち去る錬蔵を、お傚が身じろぎもせずに見つめている。錬蔵の姿が建家の陰に消えたとき、お傚が大きく息を吐いた。切なげな、もの悲しい顔つきとなって俯《うつむ》いた。

気分をととのえるためか、顔を上げ、ふうっ、と小さく息を吐いた。再び、物干し竿にかけてある洗濯物を取り込みはじめた。

石場一家の賭場は越中島の江戸湾際にあった。

船で大島川を大川へ出、江戸湾を岸沿いに行くと、松平阿波守《あわのかみ》の下屋敷の塀を望む土手沿いに大きめの漁師小屋と見紛《みまが》う建家がある。まわりに投網《とあみ》の干し場や浜辺へ上げられた漁舟が舫杭《もやいぐい》に繋いであり、古ぼけた漁師小屋なども数軒あることから、傍目《はため》には漁師たちの寄合所《よりあいどころ》としかみえなかった。その小屋で石場一家は、ほぼ連夜、深更まで賭場を開帳していた。

賭場へ出向く客は石置場の町家と越中島の、時においては公儀の調練場ともなる草地の間の海辺まで延びる道を行くか、もしくは石場一家が仕立てた賭場近くの岸辺に着ける猪牙舟に乗って水路をたどった。

賭場へ向かう猪牙舟は平助橋のたもと、石置場寄りの土手の川辺に停泊し、遊びに行く客を待った。石場一家は二艘、猪牙舟を有しており、必ず一艘は川辺にあって客待ちをしているという、やくざとはおもえぬ商《あきな》い上手ぶりで、決して客を逃すことのない手立てをとっていた。

深川大番屋支配として配された錬蔵は、人手が足りないこともあり賭場の開帳は大目にみた。狭い土地に十数もの、やくざの一家が乱立する深川である。賭場の手入れをやり出したら、それこそ月の半分は賭場へ押し入らなければならない。

殺し、盗み、乱暴狼藉《ろうぜき》の沙汰が日常茶飯事《さはんじ》のように発生している深川では、遊女が春をひさぐのを大目にみるように、連夜開かれる賭場も、
〈よほどの無法が行なわれないかぎり目をつむる〉
と判じたのだ。
深川は岡場所と木場の町であった。木場はともかく岡場所は吉原《よしわら》と違って御上の認許を受けていない、
〈もぐり〉
の遊里であった。
深川は、つまるところ、
〈御法度に外れた商いで成り立っている〉
土地《ところ》であったのだ。
深川を徹底的に取り締まるとなれば、それこそ、
〈深川に住む者、みんなを捕縛する〉
くらいの覚悟で臨《のぞ》まねば果たせぬことであった。
錬蔵は、時折、松倉たちを見廻りの途上、一家に立ち寄らせては、
「賭場でいかさま博奕《ばくち》などをやって、あくどく荒稼ぎしている、との噂が立たぬかぎ

り賭場に踏み込むつもりはない、と御支配から内々の御言葉をいただいている。博奕を打つは、やくざの生業《なりわい》のひとつ。大目にみてもよい、とのことだ。誤魔化《ごまか》しのない博奕を打つのだぞ。おれたちも、顔見知りのおまえたちを縄目にかけるようなことはしたくないのだ」

といわせるようにしている。

〈御法度の埒外《らちがい》にいる者たちと共存してこそ、深川の平穏を保つことができる〉

それが、深川大番屋支配としての錬蔵の信条であった。

五つ（午後八時）を告げる時の鐘が聞こえてくる。おそらく入江町の鐘の音であろう。

星ひとつない夜の闇のなか、江戸湾の水面に大きく白波が立ち、相次いで押し寄せてくる。陸から風が吹き付けているのだろう。凍えるような木枯らしが砂浜を吹き渡っていた。

見張りであろうか、漁師小屋の前に立つふたりの三下が身震いして手を揉み合わせた。吐く息が白い。

「賭場のなかは火鉢で暖かいだろうな」

「ついてねえや。今夜の寒さは骨身にしみるぜ」

「あと半刻（一時間）で交代だ。早く兄貴分になりてえもんだ」

首をすくめて襟《えり》をかき合わせた。

突然……。

「いかさまだ。石場一家の賭場はいかさま賽《ざい》を使ってるぜ」

と声が上がった。つづけて、

「因縁つけやがって」

「賭場荒らしだ」

との怒声が響いた。

「賭場荒らし、だと」

ふたりが漁師小屋を振り返った。そのとき、左右の草むらから数人の男が飛び出した。盗人被《かぶ》りをし、手に手に鈍く光る長脇差を持っている。気配に気づいた子分ふたりが振り向いた。すでに遅かった。ふたりの脇腹には長脇差が深々と突き立っていた。断末魔《だんまつま》の呻《うめ》きを発して子分たちが崩れ落ちる。

盗人被りの男たちが漁師小屋へ飛び込んでいった。十人はいるとおもわれた。入れ替わるように賭場の客たちが飛び出してきた。転がるようにして逃げ走って行く。

賭場のなかでは大店《おおだな》の主人らしき男と番頭風のふたりが、長脇差や匕首《あいくち》を構えた石場一家に取り囲まれていた。

「石場一家の石場の捨吉《すてきち》だ。おれんとこの賭場にいちゃもんをつけるとは眼力のねえ奴らだ。いかさま賽かどうかあらためるがいいぜ」

石場の捨吉が顎をしゃくった。顎を引いた諸肌脱《もろはだ》ぎの背中一面に彫り物のある男が、骰子《さいころ》ふたつを投げた。受け止めた四十がらみの番頭風が薄ら笑った。

「いかさま賽を使ってねえことくらい、わかってたよ」

「何だと」

石場の捨吉が気色ばんだ。

大店の主人らしき男が、ふっ、と鼻先で笑った。まわりを見渡して告げた。

「どうやら堅気の衆は賭場荒らしと聞いて、逃げ出したようだな。こうなるのを待っていたのよ」

「親分、こいつら、まさか」

子分のひとりが石場の捨吉に目を向けた。

はっ、と気づいて石場の捨吉が問うた。

「てめえら行徳一家か」

大店の主人らしき男が目を細めて、見据えた。

「行徳の万造だ」

番頭風が不敵な笑みを浮かべた。

「浦瀬《うらせ》の鎌五郎。行徳一家の代貸を務めている」

「この深川で勝手な真似はさせねえ。かまわねえ。息の根を止めてやれ」

石場の捨吉が吠えた。

子分たちが襲いかかろうとした。

刹那……。

飛び込んできた盗人被りの男たちが長脇差をふるって子分たちに斬りかかってい
た。不意をつかれた石場一家の子分たちが朱《あけ》に染まって倒れた。

残る子分たちに盗人被りの男たちが斬りかかった。情け容赦なく長脇差をふるう男たちに斬り伏せられ、血飛沫《しぶき》をあげて石場一家は次々と倒れていった。

残るは石場の捨吉と左右に控える子分ふたりだけとなっていた。

盗人被りの男のひとりが行徳の万造に長脇差を手渡した。

行徳の万造が片手で持った長脇差を突き出して石場の捨吉に迫った。

同じように長脇差を受け取った浦瀬の鎌五郎も、行徳の万造と肩をならべて石場の捨吉たちに歩み寄った。

気圧されて下がった石場の捨吉たちが壁際に追い込まれた。

「もう後がねえぜ」

行徳の万造が含み笑った。陰惨な笑い声だった。ことばを継いだ。

「命乞《ご》いをしたって無駄なこった。おれは人殺しが大好きでね。命は、生き物にとっちゃ、ひとつしかねえ大事なもんだ。そいつの一番大事なものを奪い取る。こんな気持のいいことはねえ。おれを喜ばせてくれよ」

いうなり無造作に長脇差を突き出した。狙いなど定めていなかったようにみえていた行徳の万造の長脇差は、石場の捨吉の首に深々と突き立ち、貫《つらぬ》いて背後の壁に釘付けにしていた。躰を激しく痙攣《けいれん》させて石場の捨吉がもがいた。

驚愕に立ち竦《すく》んだ左右の子分たちに浦瀬の鎌五郎と盗人被りの男のひとりが躍《おど》りかかり、斬り伏せていた。

「賭場荒らしの仕業にみせるんだ。金箱や金目の物を残さず奪え。奪ったら引き上げる。鎌五郎、宗三。息のある奴を見つけ出して止《とど》めをさせ。生き残って、くだらねえことを喋られたら後々面倒だ。秘密を守るには皆殺しが一番よ」

顎を引いた鎌五郎と盗人被りを取った宗三が倒れて激痛にのたうつ石場一家の子分たちの胸に、背に長脇差を突き立てていった。

見やっていた行徳の万造が壁に釘付けとなった石場の捨吉を振り返った。まだ死にきれずに、虚《うつ》ろな目を虚空に据え荒い息を吐いていた。

「楽にしてやるぜ」

長脇差を引き抜くや横に払った。目にもとまらぬ迅速な太刀《たち》捌《さば》きだった。

石場の捨吉の首が宙に飛び、壁にぶつかった。弾《はじ》けて床に落ちる。

転がる首を行徳の万造は食い入るように見つめていた。蕩《とろ》けたような光が目のなかにあった。恍惚の眼差しで首が止まるまで凝視しつづけている。

やがて……。

含み笑いが行徳の万造の口から漏《も》れ始めた。その声は陰鬱に、低く、長く尾を引いて響き渡った。

五

（迂闊《うかつ》だった）

深川の切絵図を見つめていた錬蔵は、おもわず心中で呻いていた。

足抜き屋の誘いに乗って足抜きをしたと思われる女は、すでに八人を数えていた。殺された君奴以外の七人の足取りは、まだ摑めていなかった。

(足抜き屋をとらえぬかぎり行方を知ることは、むずかしかろう)

そう錬蔵は考えていた。おそらく河水の藤右衛門も同じ見方をしているはずであった。

君奴は門前仲町の芸者だった。鶩《あひる》の局見世、永代寺門前東仲町、大島町、北川《きたがわ》町、黒江《くろえ》町、三十三間堂町、入船町の遊女たちが足抜きをしていた。

岡場所〈鶩〉のある佃町、門前仲町、永代寺門前東仲町、入船町の一角は二十間川に面している。三十三間堂町と入船町の一部は貯木池に、大島町は大島川、北川町、黒江町は黒江川沿いにある町であった。

話しているときには二十間川とは離れた町と決めつけていたが、切絵図を見ていると気づかされることがあった。

大島川は二十間川が江戸湾へ流れ込む河口近くの流れの呼び名であった。黒江川は、八幡橋の手前の蛤《はまぐり》町と黒江町沿いの三つ叉《また》を右へ折れ、外記殿《げきどの》橋の架かる外記殿堀へ入って、突き当たりを右へ行くと二十間川に合流する。

(足抜きした女がいた岡場所のすべてが二十間川に通じている)

もっと早く気づくべきだったのだ。錬蔵は、行徳一家の、大胆極まる動きに気を取られ、知らず知らずのうちに、こころに焦りが生まれていたことを思い知らされていた。

その焦りが、溝口ら同心たちの働きぶりを見て、

(目の前に現れた事柄に右往左往《うおうさおう》するだけの、揺れ動くこころのままにしか動くことのできぬ者たち)

との、苛立《いらだ》たしいおもいに囚《とら》われる因《もと》となったのだ。

(その苛立たしさが四方八方へ配るべき探索の目を曇らせたのだ)

おのれの未熟を悔いて、錬蔵は、おもわず呻いていた。

深川大番屋は江戸南北、両町奉行所から深川の安穏《あんのん》をまかされている組織であった。北町奉行所与力として務めていたころの錬蔵には年番方与力、筆頭与力、さらに、その上に町奉行と、善《よ》きにつけ悪《あ》しきにつけ、錬蔵のやり方に一文句つけたり、意見を述べたりする上役が、少なからずいた。が、深川大番屋の支配職に就《つ》いた錬蔵は、立場上、よほどの大事でもないかぎり町奉行所に助力を要請することはできぬ、と考えていた。

ましてや、いま、北町奉行職にある依田豊前守《よだぶぜん》とは、犬猿の仲、といってもいい有り様にあった。北町奉行所のなかでは、

〈大滝錬蔵は御奉行の勘気に触れ、島流し同然に、無法が横行する、治めるには厄介極まる深川大番屋へ追いやられたのだ〉

との噂が、囁《ささや》かれつづけている。

錬蔵は、

〈よほどの大事が起こって助力を乞うても、御奉行は助勢を寄越すことはあるまい〉

とみていた。

それゆえ錬蔵は、

〈すべて、おのれひとりの力を頼りに事を処していかねばなるまい〉

と覚悟を決めていた。

忍び同然に密かに深川に乗り込み、迅速極まる動きで弁天一家、佃一家を餌食《えじき》にしていった行徳一家の探索は、

〈刻限との戦い〉

であると、錬蔵は考えた。

が、安次郎と前原以外には、錬蔵の抱いた危機感はつたわらなかった。松倉たち同

心たちは、今までと変わらぬつもりで事にあたっている。
〈深川大番屋詰めの同心たちには事態を見極め、臨機応変に対処していく力がなかったのだ〉
と決めつけ、動くべきだったのだろう。
が、錬蔵は、それをしなかった。錬蔵のなかに、
〈すでに二件、ともに科人《とがにん》の探索にかかわり事を落着させている。わかりあえたはずだ〉
との、同心たちへの信頼が生まれていたからだった。が、いまは、
〈信頼とおもっていたのは、その実は、おれのこころの、甘え、であったのだ〉
との強い内省がある。
ことばに出さずともわかってくれている、と断じていたことこそ、おのれの、
〈甘さ〉
だと錬蔵は、前原が発した、
〈あのような人たち〉
との一言で気づかされたのだった。それは決して松倉たちを侮《あなど》ることではなかった。

〈おれの考えていることを何もいわずとも察してくれ〉

と自分以外の者に望むことが、

〈いかに理不尽なことか〉

錬蔵は、今更ながら、おもい知らされたのだった。

いまごろ、安次郎と政吉、猪之吉と富造は、ふたり一組となって、二十間川沿いを往き来する猪牙舟、屋形船などの船頭をつかまえて、この半月ほどの間に二十間川へ頻繁に漕ぎ出していた猪牙舟などの船頭や船宿について聞き込みをかけているはずであった。

(切絵図だけではわからぬこともある。足抜きした女たちのいた岡場所界隈《かいわい》を歩いてみるか)

立ち上がった錬蔵は刀架《とうか》に架けた大刀に手を伸ばした。

深川鞘番所を出た錬蔵は小名木《おなぎ》川に架かる万年《まんねん》橋を渡り、大川沿いに上《かみ》ノ橋、中《なか》ノ橋、下《しも》ノ橋と過ぎ、永代橋を右手に見て相川《あいかわ》町、熊井《くまい》町へと歩みをすすめた。

大島町、北川町とまわり三十三間堂町から入船町へ足を伸ばした錬蔵は金岡橋にさしかかった。

金岡橋は平野川が貯木池へ流れ込むところに架かる橋である。平野川は二十間川が平野橋を境に呼び名を変えただけの川で、実態は二十間川から一本につながる流れであった。

金岡橋のたもとを右へ折れるなり、錬蔵は足を止めた。町家の陰に身を置く。そこから平野橋がよく見えた。二十間川に沿った洲崎側の河岸道を十人ほどの男たちが歩いていく。

闇夜のことである。さだかには見えなかったが、男たちが入船町へ向かっているのはあきらかだった。

錬蔵は平野川の岸辺へ走った。身を低くして土手に下り、しゃがんで向こう岸の川沿いの道を見つめた。

目を凝《こ》らすと男たちは腰に長脇差を帯びている。

(行徳一家に違いない)

行く手には行徳一家の二階屋がある。錬蔵は、さらにたしかめるべく、土手を這うようにしてすすんだ。

平野橋の橋板下の土手に身を潜めた錬蔵は男たちが行徳一家に入っていくのを、しかと見届けていた。開けられた表戸から漏れ出る明かりが肩に木箱を担いでいる、ふたりの子分の姿を浮き立たせた。

男たちがすべて、なかへ入り表戸が閉められた。

しばし、錬蔵は閉じられた行徳一家の表戸を見つめていた。

首を傾げる。

背後を振り返った。

闇の中に洲崎弁天の鳥居と甍《いらか》が黒々と浮き立って見えた。

洲崎の岸辺に行徳一家の船が三艘、舫杭に繋がれているのをおもいだした。

行徳一家の連中がやってきたのは洲崎弁天のあたりからであった。

うむ、と錬蔵はひとりうなずいた。身を低くして土手をたどり、金岡橋の近くで河岸道へ上がった。金岡橋を渡り、平野川沿いに江島《えのしま》橋へ向かった。

江島橋を渡り、洲崎弁天を通り過ぎて海辺に出た。

早足で繋がれた船のところへすすんだ。三艘の船は、今まで通りの場所に置かれていた。錬蔵は、三艘の船に歩み寄った。船を運び上げた跡《あと》か、浜辺から土手まで砂と土が抉《えぐ》られていた。水に濡れている。

錬蔵は抉られた跡をたどって二艘の船に挟まれるように置かれてある船へ歩み寄った。膝を折って船底と船腹をあらためる。

濡れていた。
（船を使ったのだ）
夜釣りにでも出かけたのかもしれない。が、錬蔵には、そうはおもえなかった。
石置場の土手近くに漁師小屋に擬した石場一家の賭場があることをおもいだした。
錬蔵の脳裏《のうり》に、行徳一家に入っていく木箱を担いだ子分ふたりの姿が浮かんだ。
（まさか石場一家の賭場が）
直感が、
〈行徳一家に襲われた〉
と告げていた。
立ち上がった錬蔵は石場一家の賭場へ向かって、走った。

第四章　斗折蛇行《とせつだこう》

一

惨憺《さんたん》たる有り様だった。

賭場に踏み込んだ錬蔵は、おもわず眉をひそめた。

血塗れの死体が散乱していた。

奥へすすんで、錬蔵は足を止めた。奇妙なものが壁際にあった。

目を凝らす。

咄嗟《とっさ》には、それが何かわからなかった。

暗がりのなか、それは、黒い影となって浮き立ち、定かには見えなかったからだ。

歩み寄る。

それの姿が、はっきりとわかったとき、錬蔵は、その行為を為《な》した者が、いかに兇悪無惨な悪党であるか、強く感じ取っていた。

それは……。

横たわった、首のない死体だった。その胸に首が載せてある。

その首の主に見覚えがあった。

石場一家の親分、捨吉であった。

首が石場の捨吉のものである以上、首なしの骸《むくろ》は、捨吉だと、おもわれた。

あらためて賭場のなかを見渡す。

海鳴りと吹き荒《すさ》ぶ木枯らし、風に巻き上げられて宙に舞った浜辺の砂が、賭場の外壁に叩きつけられる音だけが錬蔵の耳に響いた。

首を傾げる。

どんな修羅場にも生き残っている者は、必ずいる。何度も斬り合いの後始末に立ち合ったことのある錬蔵は、そのことを、よく知り抜いていた。

が、この場には、命の残り火を燃やしている者の気配ひとつ、なかった。

骸のひとつに歩み寄った錬蔵は膝を折った。

あらためる。

仰向けになった骸の胸元が血に染まっていた。小袖の胸元に刀で穿《うが》った痕《あと》がある。

おそらく止《とど》めの一突きをくれた痕であろう。

立ち上がった錬蔵はぐるりに視線を流した。俯《うつぶ》せになった死骸を見つけ近寄っていく。膝を折って、心ノ臓《しんぞう》の裏側にあたるあたりに目線を注いだ。

背中に刀を突き立てた痕があった。小袖に血が赤黒く紋様を描いていた。

立ち上がった錬蔵は、あらためて見渡した。倒れている者たちのすべてが、止めを刺されているはずであった。

(止めを刺したは口封じのためか)

胸中で呻いていた。

〈死人に口なし〉

という。悪事を誰にも知られぬためには、かかわった者たちのすべての命を奪うことこそ万全の策なのだ。

誰しもが、そう考える。

が、考えたとしても、それを行う者は、まず、いない。

(人のこころを持つ者は、そこまで非情になりきれぬものなのだ)

つねづね錬蔵は、そう判じていた。

しかし、

(此度《こたび》、相手にしている悪は、その非情を、いとも簡単に為しうる輩《やから》なのだ)

突然、噴き上がってきたおもいであった。

「人のこころを持たぬ奴ら」

無意識のうちに錬蔵は口に出していた。

まわりには石場一家の無惨な骸が散乱していた。よほどのことがないかぎり堅気《かたぎ》の衆には手を出さぬ者たちであった。

弁天一家も、佃一家も、いや、深川を縄張りとして根付いた十指に余るやくざの一家のすべてが、遊び場である岡場所にやって来る男たちに恐れを抱かせぬよう、表沙汰になる諍《いさか》いごとは避けるよう心掛けていた。

深川大番屋支配として錬蔵が深川に赴いて一年近くになる。錬蔵は、その、やくざたちの、おのれの一家を守るための知恵を、半ば驚嘆のおもいで見つめてきた。また、やくざ一家の均整を滑らかに保つ役割を果たしているのが河水の藤右衛門であることに、気づかされてもいた。

(いま、その釣り合いが崩れようとしている)

偽らざる錬蔵のおもいであった。

暗闇があたりを支配していた。

あちこちに石場一家の無惨な骸が転がるなか、錬蔵は、身じろぎもせず立ち尽くしていた。

門前仲町の河水楼のほうが深川鞘番所へ向かうより遙《はる》かに近かった。錬蔵は、河水楼へ足を向けた。刻限はすでに四つ（午後十時）を大きくまわっている。安次郎は引き上げたかもしれぬが猪之吉か政吉、富造のいずれかは河水楼にいるかもしれない。三人のうちの誰かをつかまえて鞘番所へ走らせ、同心や小者たちを出張らせて石場一家の骸を片付けるか、片付けるのは明日にするにしても骸の張り番をさせねばなるまい、と考えていた。

河水楼では、引き上げてきた猪之吉たちと藤右衛門が帳場の奥の、いつもの座敷で向かい合っていた。

顔を出した錬蔵に、政吉が、

「竹屋の親分とは小半刻（三十分）ほど前に富吉町《とみよし》は福島橋《ふくしま》近くで別れやした。いまごろは鞘番所にもどっていらっしゃるはずで」

と告げた。

上座を錬蔵に譲った藤右衛門が、

「こんな刻限にいらっしゃっても、泊まり込みで気晴らしの酒宴ということではありませぬな。何か起きたのですな」

と底光りのする目を向けた。

「石場一家の賭場が何者かに襲われた。皆殺しだ」

「石場一家が賭場荒らしにやられたですって」

横から猪之吉が口をはさんだ。

「そういえば石場一家の猪牙舟が二艘とも、見えませんでしたね」

「いつもは、一艘は必ず平助橋のたもとの岸辺に接岸しているんですが」

政吉がことばを添えた。

「他に気づいたことはなかったかい」

「石場一家の賭場に出入りしている旦那衆に心当たりがありやす。明日にも聞き込みにまわりやす」

応えた猪之吉に、

「そうしておくれ」

と告げた藤右衛門に錬蔵が、

「そのこと、おれからも頼む。堅気の衆とおもえる死骸は見当たらなかった。おそらく騒ぎのさなか、うまく逃げおおせたのだろう」

「襲った連中が、そう仕向けたのかもしれませぬな」

応えた藤右衛門に、

「そうかもしれぬ。賭場の仕来《しきた》りを心得た奴らの仕業なのだろう」

「行徳一家の仕業。そういうことですかな」

「多分な」

錬蔵は見廻りの途上、洲崎弁天のほうからやって来た行徳一家を見かけ、不審を抱いて洲崎の岸辺の土手に陸揚げしてある三艘の船をあらために出向いたこと、使ったばかりらしく船底と船腹が濡れていたことから江戸湾近くにある石場一家の賭場を襲ったのではないか、と予測し、賭場へ出向き、骸を見つけたことなどをかいつまんで話した。

話し終わった錬蔵は、

「すまぬが政吉に鞘番所まで出向いてもらいたい。安次郎に石場一家の賭場まで、同心たちとともに小者たちに荷車三台ほど引かせてやってくるよう、つたえてくれぬか。骸を賭場から運び出したいのだ」

「大滝さまは、どうなさるので」

問いかけた藤右衛門に、

「これより石場一家の賭場へもどり、皆が来るまで骸の張り番をする。殺されたとおもわれる弁天一家の骸がどこへ消えたか、いまだにわからぬ。そのようなことはあるまい、とおもうが、石場一家の骸が賭場から消え去る恐れがないでもない」

「たしかに。が、そのこと、この藤右衛門におまかせ願いませぬか」

「まかせろ、とは」

「いえ。深更とはいえ、まだ深川は宵の口。遊びに来たお客さま方に、大番屋が出役する、ものものしい姿を見せるは商いに差し障りまする。勝手な言い分ではございますが、出役は明朝まで待っていただくわけにはいきませぬか。石場一家の骸には誰にも手を触れさせませぬ。猪之吉に腕に自信のある男衆たちを選び出させ、張り番に出向かせます」

たしかに藤右衛門の言い分はもっともだった。深川は、殷賑《いんしん》を極める深川七場所を要《かなめ》とする岡場所で成り立っている町である。出来うるかぎり、事を荒立てぬよう処するべきであった。錬蔵が応えた。

「まかせよう。ただし」

「ただし、とは？」

「安次郎には、明朝来るよう、つたえてもらいたい」

「承知いたしました」

「石場一家の骸は佃一家同様、わかりうるかぎり身内に知らせ丁重に葬ってやりたい。何者かに骸を奪われる不始末だけは避けねばならぬ」

「丁重に葬ってやりたい。そうでございますか。やくざといっても人の子、あの世で石場の捨吉はじめ一家の者たちも喜ぶことでございましょう」

見つめて、藤右衛門がつづけた。

「大滝さまひとりに辛いおもいをさせるわけにはいきませぬ。わたしめも付き合わせていただきまする。石場の捨吉や一家の者たちとは知らぬ仲ではありませぬ。丁重に葬ってやりたいおもいは、わたしも同じでございます」

振り向いて告げた。

「富造、丹前を二枚、用意してくれ。見てくれのいいものはいらぬ。分厚くて温かいものがよい」

「寒がりの親方のこと、暖を取ることができなきゃ後でどやされかねません。急いで、じっくりと見繕ってきやす」

富造は身軽く立った。

「それでは、あっしは鞘番所へ向かいやす」

と政吉がつづいた。

「男衆の手配に動きやす」

猪之吉が小さく頭を下げて立ち上がった。

賭場には石場一家の骸が散乱していた。
丹前を着込んだ錬蔵と数珠を手にした河水の藤右衛門が賭場の真ん中に座してい
た。
「坊主を呼んで経文を読んでもらうこともありますまい。無法のなかで棲《す》み暮らした
やくざたちを送るには数珠を片手に弔《とむら》うこころがあるだけでも十分過ぎるほど。あの
世へ旅立つ夜に付き合ってもらえただけでも、情けを受けたと、さぞや喜ぶことでご
ざいやしょう」
と藤右衛門は数珠を両の手に巻きつけ胸の前で組んだ。
無言で錬蔵はうなずいた。
あいかわらず潮騒と木枯らしの吹き荒ぶ音だけが響いている。浜の、吹き上げられ
た砂が小さな竜巻にでもなっているのか、唸るような音を発し賭場の外壁にぶつかっ
て激しく表戸や窓を揺らした。

丹前の袖に手を入れて錬蔵は腕を組んだ。目を閉じる。

男衆を引き連れた猪之吉が来ても錬蔵は引き上げるつもりはなかった。おそらく藤右衛門も、その気でいるはずだった。

夜明けには、まだ、かなりの間があった。

腕を組み、目を閉じた錬蔵と藤右衛門は、それぞれの思いを胸に黙然と座している。

二

明六つ(午前六時)の鐘が鳴り響いている。入江町の時の鐘が潮騒と強風の重なり合う音にかき消され、遙か遠くで打ち鳴らされているかのように途切れ途切れに聞こえてくる。

松倉孫兵衛、溝口半四郎、八木周助、小幡欣作ら同心たち、安次郎、小者たちはすでに石場一家の賭場に到着し、骸の運び出しにかかっていた。

安次郎たちと入れ替わりに藤右衛門や猪之吉たちは引き上げていった。錬蔵は賭場の表に立ち、骸が三台の荷車に積み込まれるのを眺めている。

海からの風は、凍えるほどの冷たさだった。錬蔵は耳が千切《ちぎ》れるような感覚にとらわれていた。

昨夜は一睡もしていなかった。一緒にいた藤右衛門も眠っていないはずであった。目覚めているにもかかわらず、ふたりは一言も口を利《き》こうとしなかった。

不思議と眠気を催すことはなかった。いまも、眠気は感じていない。錬蔵は海に目をやった。相変わらず風は強いが、昨夜と違って空を茜《あかね》色に染め上げて朝日が昇っていく。わずかに雲が浮かんでいるだけだった。今日は、晴れ渡った、清々しい一日になるに違いない。

海の彼方に安房、南総の山々が黒ずんだ影を浮かせていた。

(行徳での探索、うまく運んでいればいいが)

凝然と見やった錬蔵は前原におもいを馳《は》せた。

行徳新河岸に人垣ができている。いましがた女の土左衛門《どざえもん》が引き上げられたところだった。

宿場役人たちが女の死体を岸辺に横たえた。女は緋色の長襦袢をまとっただけの姿だった。遊女とみまがう姿だった。

骸に筵《むしろ》がかけられ、女の顔が見えなくなると野次馬たちは興を失ったのか、三々五々と散っていった。

が、ひとりだけ残った男がいた。粗末な木綿の小袖に袴姿で月代《さかやき》を伸ばしたままの、いかにもむさくるしい浪人者であった。

何をおもったか浪人は、つかつかと宿場役人たちに歩み寄った。下っ引きが咎《とが》める目つきで浪人の前に立った。

「立ち入りは許さねえ」

「同業の者だ」

浪人が巾着《きんちゃく》の中に手を入れ、木札を取り出した。

富岡八幡宮の守り札だった。

「何でえ。ただの、木札仕様のお守りじゃねえか。気を持たせやがって」

覗《のぞ》き込んだ下っ引きが顔をしかめた。

「ここを押さえて下に引くと、こうなる」

木札に細工がしてあるらしく上板がずれて、下から、墨痕《ぼっこん》鮮やかな小さな文字が現れた。

〈此の者、江戸北町奉行所深川大番屋詰めの者なり　深川大番屋支配　大滝錬蔵〉

と記され花押《かおう》も施《ほどこ》されていた。浪人とみえたは、前原であった。

「細工物の鑑札でございますね。ちょっと待っておくんなさい」

下っ引きが羽織袴を身にまとった宿場役人のところへ行き何ごとか話しあっている。

四十がらみの、痩せた、骸骨《がいこつ》のような顔つきの宿場役人が前原へ歩み寄った。

「行徳宿詰めの田辺信兵衛《たなべしんべえ》と申す。江戸北町奉行所の方とお聞きしましたが」

鑑札が仕込まれた木札を見せて、いった。

「隠密廻りの者、前原伝吉と申す。江戸は深川大番屋に詰めております。此度、行徳がらみの一件が発生し、当地に参って探索をすすめておりました」

「立ち話もなりますまい。番屋で仔細をお聞かせ願えまいか。何かと、お役に立てるかもしれませぬ」

「かたじけない」

「なに。武士は相身互いでござるよ」

下っ引きを振り向いて田辺が、

「女の骸を番屋へ運び込め。おれは先に行っている」

声をかけ、先に立って歩きだした。前原がつづいた。

番屋の板敷に田辺と前原は火鉢を挟んで向かい合って坐っていた。

〈隠密廻りの者〉

と前原が名乗ったことで田辺は勝手に、

〈隠密廻りの同心〉

と思いこんでいるようだった。元を正せば北町奉行所同心だった前原である。態度物腰、どれをとっても、いまは下っ引きと同格の者とは、とてもおもえぬ風格があった。

田辺の早呑み込みは前原にとって好都合であった。

(あえて、いまの身分を告げることもあるまい。田辺殿にはすまぬが、このまま通させてもらおう)

そう腹を括《くく》っていた。

「行徳は宿場町。宿場には女郎《じょろう》が付きものでござる。宿場女郎、飯盛女ともいいますがな」

火鉢に炭をくべながら田辺がいった。

宿場女郎といった田辺のことばに前原は引っ掛かるものをおぼえた。

「女の骸の身許がわかっているのでござるか」

問いかけた前原に田辺が応えた。

「左様。行徳一家がやらせている女郎屋〈花菱屋《はなびし》〉に二月ほど前に買われてきた女ですよ。たしか源氏名は、お道《みち》だったとおもうが。前は深川にいた、と聞いてます」

行徳一家の名が出てきただけでも、前原にとっては驚きであった。ましてや、〈二月ほど前に深川から来た女〉

という。予想外の成り行きに、前原は途惑いさえおぼえていた。はやる気持を抑えて問うた。

「よくご存じですな。知り合いの方でもお道のところに通われたのかな」

にやり、として田辺がいった。

「下っ引きのひとりが、惚れて、通いつめていたようです。それで、身許がすぐに割れた。深川から来たが女衒《ぜげん》に騙《だま》された、と馴染みになってから、しきりに愚痴をこぼしていたそうです。おそらく女は足抜きしようとして逃げ切れず自らの命を絶ったのでしょうな」

「女衒に騙された、といっていたのですか」

「何でも足抜きをして、命がけで深川から逃げてきたのに、身売り金は半分しかもらえなかった、といっていたようです」

「そいつはひどい。あくどい女衒ですな」

「行徳一家の女衒がからんでいたら、半金でも手に入れば運のいい方かもしれませんな」

火鉢の炭を田辺が火箸で動かした。火の回りがよくなったのか炭が燃え上がり火花を散らした。

顔を上げて前原を見つめた。探る眼差しだった。

「ところで前原殿の探索のなかみ、教えてもらえませぬかな。手助けしようにも、話を聞かぬかぎり、どうにもなりませぬ」

「実は、深川で遊女を足抜きさせる足抜き屋が暗躍しておりまして、足抜きだけなら、と見て見ぬふりをしておりましたが、芸者が殺されましてな。これ以上、死人を出すわけにはいかぬ、と深川大番屋の御支配が言い出されて、それで探索がはじまった次第です」

「行徳に来られたは、足抜き屋の足取りを追ってのことでござるか」

「左様」

警戒するこころが前原のなかに湧いていた。

何を探索しているか田辺が知りたがっているのはあきらかだった。

宿場役人が土地《ところ》のやくざの親分と裏でつながっていることは、よくあることだった。だが、田辺が行徳一家と通じているかどうか、いまの前原には知る術《すべ》がなかった。

行徳一家の探索を前原はすでに終えていた。

行徳一家の先代は三年前に急死していた。病で死んだ、縄張り争いの果てに闇討ちにあった、などの噂が、まことしやかに囁《ささや》かれている。問題は、親分の後を継いだのが用心棒の山村《やまむら》万造であり、同じく用心棒の久永《ひさなが》鎌五郎が代貸、来島修次郎《きじましゅうじろう》と上田《うえだ》宗三のふたりが代貸格となって行徳一家を仕切っていることであった。来島以外の三人は数年前に一緒に何処からか流れてきて、行徳一家に雇われた浪人者であった。

行徳は塩の産地で、水戸《みと》街道などへの起点ともなる宿場町だった。旅人の往来や盛んな舟運で殷賑を極めている。そのせいか諸々の利権をめぐって、やくざの縄張り争いが絶えることはなかった。

以前は三組あったやくざの一家の力は拮抗しており、縄張り争いの決着がつくことはなかった。

が、山村万造が、行徳の万造と二つ名を名乗り親分となって行徳一家を指図しだしてから様相が一変した。ひとつの組は殴り込みをかけられ壊滅した。残るひとつの組は用心棒を雇い、いまだに行徳一家と力を二分して睨み合っている。

行徳一家の人数は五十人余。深川に三十人ほど乗り込んでいるから、行徳には二十人ほど残っていることになる。代貸格の荒波の修次郎が親分、万造の留守を守って一家を束《たば》ねている。行徳一家は女郎宿四軒を有し、連夜、賭場を開帳して、かなりの羽振りの良さであった。裏から手を回し宿場役人に金を握らせて自由に操っているとの噂もあった。

黙り込んだ前原に田辺が告げた。

「実は行徳の万造が子分三十人ほど引き連れて旅へ出たのです。おもいたっての伊勢《いせ》参りだというのだが、眉唾《まゆつば》ものだと拙者は睨んでいる。前原さんの話を聞いて、ふと思ったんですが万造の行く先は深川じゃないか、とそんな気がしてるんですよ」

「それはないですな。深川で行徳の万造の噂を聞いたことがない」

応えた前原に田辺が、

「だとすると、ほんとに伊勢参りに行ったのかもしれぬな。しかし……」

うむ、と首を捻《ひね》った。

黙って前原は田辺を見つめた。寒いのか、田辺は火鉢にかざした手を揉み合わせ、さらに火に近づけた。


その夜、行徳一家の子分たちが出入りする居酒屋で、

「新手の用心棒が三人、一家に雇われた。うちの勢いが、また、増すことになるぜ」

酔った勢いで得意げに喋る子分たちの話を小耳に挟んだ前原は、

(何か起きるに違いない)

と判じて、ひそかに行徳一家を張り込んだ。

翌早朝、行徳一家の裏戸から、手甲脚絆《てっこうきゃはん》に旅合羽《がっぱ》を身につけた旅支度の子分たちが現れた。十人ほどもいるだろうか。

(江戸へ向かうのかもしれぬ)

そう推測した前原は後をつけ、行徳新河岸から子分たちと同じ船に乗り合わせたのだった。

渡し船が船着場を離れた。

行く先は江戸小網町の行徳船場であった。

行徳船場へ向かう前原を乗せた渡し船が、行徳新河岸から江戸へ向かって船出した頃、安次郎と猪之吉、政吉、富造の四人は洲崎の漁師、丑松《うしまつ》の行方を追って洲崎の海辺にいた。

三

丑松は、漁舟を網元から借りて漁をやっている、雇われの漁師だった。船宿から頼まれて猪牙舟の船頭も引き受けていた。

安次郎と猪之吉たちは、ここ数日の間、二十間川沿いの船宿や茶屋を軒並み聞き込みにまわった。

半月ほどの間に二十間川を頻繁に往き来していたのはどこの誰か、調べ上げた結果、三人の船頭が浮かび上がった。

そのうちのひとりが、数日だけだが漁舟で二十間川を往き来していた。

〈漁舟〉

ということに猪之吉たちは引っ掛かった。

漁舟が二十間川や十五間川など深川の岡場所沿いを流れる堀川に漕ぎ入ることは珍しいことではない。が、たいがいの漁舟が、お得意先の料理茶屋に、その日に水揚げした魚を届けにくるか、あるいは魚を売りにまわるなど、いわゆる商いのために漕ぎ入ってくるのだった。料理茶屋や料理屋の仕込みの刻限にあわせてやってくる漁舟を、

「その日は、夕方から夜にかけて何度も見かけた」

と話す船頭が多数いた。

「誰が櫓を握ってたか、覚えてねえかい」

問いかけた猪之吉に、何人かの船頭は忘れてしまったらしく首を傾げただけだったが船宿の船頭ふたりが、

「船頭は丑松だった」

と応えた。ふたりは、丑松が猪牙舟の船頭を手伝う船宿で雇われていた。

「毎日じゃねえが同じ船宿で働いている船頭の話だ。まず間違いねえだろう」

話し合った安次郎と猪之吉たちは、

〈まずは丑松について一調べしよう〉

と動きだした。

調べてみると、

「丑松は、この一年ほど、どこでどう稼いだか、やけに景気がよさそうだ。その証《あかし》に金遣いが荒くなった。連夜、局見世《つぼねみせ》へ通って娼妓を買っている。博奕で勝った、といっているが、どこぞでいい金蔓《かねづる》でも見つけたのじゃねえかな」

との漁師仲間の噂話を政吉が聞き込んできた。

さらに漁師仲間から聞き込みを重ねていくうちに、

「丑松は網元に内緒で、時々、漁以外に漁舟を使っている」

という者が出てきた。

「何でそんなことができるんだい」

問うた安次郎に漁師のひとりが応えた。

「奴は、漁舟の番人をしているようなものなのさ。何せ、暮らしてるところが漁師小屋だ。番人ひとりを、ただで雇っているようなもんだ。網元も、何かと重宝な丑松のこと、たまに勝手に漁舟を使うぐらいのことは大目に見てやろう、ということなんじゃないのかね」

丑松は、数年前にどこからか流れて来て、何が縁で近づいたかわからぬが網元に取り入り、舟が漕げることから漁師仲間にくわわった男だという。器用な質《たち》らしく網元の許しを得て、漁具をおさめておく小屋を自分で造りなおし、半分を板敷の間にして、そこに、ひとりで住み暮らしていた。見た目には、まだ三十そこそことおもえた。

丑松の住む、その漁師小屋を政吉と富造が見張っていたが気づかれたのか、昨日、漁からもどってきて網元の家へ向かったっきり帰ってこなかった。

それで手分けして、通っていた局見世やら居酒屋などを張り込んだが丑松は現れない。

「やましいことがなければ、張り込まれても姿を晦《くら》ますことはねえだろう。野郎は逃がし屋とかかわりがあるに違いねえ。この一年ほど金遣いが荒くなったことと、漁舟を雇い主の網元に内緒で使っていることからも推量できる。この一年間、博奕で勝ちつづけるなんて、そんな旨《うま》い話、あるはずがねえ」

と安次郎がいい、猪之吉たちも、

「たしかに」

と顎を引いた。

「夜討ち朝駆けといいやす。下手に張り込むより明朝早く、丑松の住んでる小屋へ乗り込むって策はどうですかね。野郎は網元のところへ出かけたままもどってねえ。漁に出たその足で向かったんだ。手持ちの金を、そう沢山持っているともおもえねえ。小屋に置いてある金を必ず取りに帰ってくるはずだ。政吉たちが張り込みをしているのを奴はどこからか見ているに違いねえ。いったん張り込みを止めて、奴の油断を誘ったらどうでしょう」

と猪之吉がいいだした。

「そうするかい」

皆は連日の聞き込み、張り込みで疲れている。猪之吉のことばにうなずいた安次郎は、

「今夜はお開きとしよう。明日の七つ（午前四時）の時の鐘を合図がわりに丑松の小屋裏の松の木のそばで待ち合わすことにしよう。七つに集まって、しばらく張り込んでりゃ、漁に出るために小屋から出てきた丑松をつかまえることができる」

と深更に漁師小屋の前から引き上げたのだった。

集まった安次郎、猪之吉、政吉、富造たちは木の陰などに身を潜め、漁師小屋を見張った。

そのうち、漁に出る漁師たちがやってきた。投網などの漁具を漁師小屋から出し漁

の支度をととのえるのが丑松の役目のひとつなのだが、この日ばかりは違った。

いつまでも姿を現さない丑松に業を煮やしたのか、漁師のひとりが漁師小屋へ向かった。

「丑松、起きろ。いつまで寝てやがるんだ」

怒鳴って、戸を叩いたが返事がない。

「野郎、ふざけやがって。起きろ。漁に出られねえじゃねえか」

戸を引いたら、あっさりと表戸が開いた。

なかを覗いた漁師が振り返って、仲間に大声で呼びかけた。

「丑松はいねえ。投網を運び出す。手伝ってくれ」

その声に安次郎たちが木の陰から飛び出した。漁師小屋へ走り、飛び込んだ。

投網や漁具を運び出そうとしていた漁師たちに向かって、日頃は懐に隠し持っている十手を引き出して安次郎が吠えた。

「深川鞘番所の手の者だ。漁具は運び出してもいい。丑松の住んでたところには一歩も踏みこんじゃならねえ」

漁師たちが愕然として顔を見合わせた。

門番が表戸を叩いて、

「御支配。安次郎さんから急の使いです」

と声高く呼びかけたとき、錬蔵は、日々の鍛錬に励んでいた。今朝は、木刀でなく真剣での打ち振りを繰り返していた。

大上段に振りかぶった真剣を地面すれすれで止める。背中と腹の筋肉を巧《たく》みに使いこなして、刀を止めるのだ。腕の力だけで止めようとすると振り下ろした勢いに刀身の重みが加わり、腕の未熟な者は止めることができずに足先を切り裂いてしまう。錬蔵ほどの腕をもってしても、数度ならともかく、つづけざまに腕の力だけで刀を地面すれすれに止めることはむずかしかった。

門番の声に打ち振りをやめ、刀を鞘におさめた錬蔵は表戸へ向かった。

開ける。

顔を合わせるなり門番が告げた。

「政吉なる者がまいっております。御支配に出役してほしい、と安次郎さんがいっているということです。道案内をする、と表門の前で待っております」

「支度をととのえて、すぐ行く、とつたえてくれ」

そう告げて錬蔵は表戸を閉めた。

洲崎の岸辺近くにある漁師小屋へ政吉に案内された錬蔵が着いたときには、安次郎たちの調べは、あらかたすんでいた。

顔を出した錬蔵に気づいて安次郎が振り返った。

「旦那、丑松の奴、床下に小判三十枚も入れた壺を隠してましたぜ。とても漁師が残せる金高じゃねえ」

「逃がし屋稼業で稼いだ銭か」

問うた錬蔵に猪之吉が応えた。

「まず間違いありませんや。あくまでも噂ですが、逃がし屋は一仕事十両が相場だそうで」

「一仕事、十両とな」

命がけの稼業である。安い、というのが錬蔵が抱いた正直なところだった。

「やっとつかみかけた逃がし屋の手がかり、消え失せてしまったようで。しくじりやした」

肩を落として安次郎がいった。

なかを見渡して錬蔵がいった。

「念入りに調べ上げたとおもうが、万が一にも見落としがあってはならぬ。すまぬが今一度、じっくりと調べ上げてくれ。おれもくわわる」

無言で安次郎や猪之吉たちが顎を引いた。

手がかりは何一つ見いだせなかった。漁師小屋を出た錬蔵は別れ際、猪之吉たちに、

「少し休め。目の下に隈《くま》ができている。無理をさせてすまぬ」

と声をかけた。

去っていく猪之吉たちの後ろ姿を見やりながら錬蔵が安次郎に告げた。

「鞘番所へもどり次第、同心たちに用部屋へ顔を出すよう、つたえてくれ」

「わかりやした」

応えて安次郎が小さく顎を引いた。

用部屋へ集まった松倉ら同心たちに錬蔵は下知した。

「手分けして深川の自身番をすべて見廻り、三十そこその男の変死体が見つかっていないか問い質《ただ》してまいれ」

無言で顎を引いて同心たちが立ち去った後、錬蔵は腕を組み、目を閉じた。

不吉な予感にとらわれていた。

(丑松は、殺されているのではないのか)

おそらく丑松は、洲崎の岸へ漕ぎつけた行徳の万造ら一家の者たちを何度かに分けて弁天一家近くまで運んだに違いない、と推断していた。

もし丑松が、

「誰かに見張られている」

と血相変えて行徳一家に駆け込んだとしたら、

(すぐにも始末されて、すでに命はあるまい)

と錬蔵は断じていた。

(はたして丑松の骸が見つかるかどうか)

弁天一家同様、丑松の探索は行方知れずのまま終わるかもしれない。

(逃がし屋か)

捕らえて締め上げ丑松の口を割らせたかった、との口惜しいおもいが錬蔵を襲った。

(いずれ逃がし屋の尻尾《しっぽ》をつかみ、暴き出して壊滅してくれる)

大きく目を見開いた錬蔵は、凝然と中天を見据えた。

四

小網町の行徳船場に降り立った行徳一家は、三度笠を目深に被り旅合羽を羽織った目立つ格好で江戸の町を歩いていった。いかにも乗り込んできたことを誇示するかのように隊列を組んでいる。

道行く人たちが行徳一家を道脇に避ける。そんな行徳一家の後を見え隠れについていく前原の姿があった。

やがて一家は大川に架かる永代橋の橋板の真ん中を肩で風を切って歩いていく。さながら殴り込みに向かっているかのような勢いであった。

永代橋を深川へ渡った行徳一家は右へ折れ、相川町と熊井町の間の馬場通りへつながる道を悠然とすすんでいった。

(新手が乗り込んできたことを深川の人たちに見せつけているのだ)

つけながら前原は、そう感じていた。あきらかに町人たちは旅姿のやくざたちに恐れをなして道を空けている。顔見知りのやくざ者が、こそこそと町家の陰に身を隠した。

（やくざたちは弁天一家や佃一家がやられたことを知っているのだ）

行徳一家の十人は筋金入りのやくざに見えた。がっしりした体軀は、いかにも修羅場をかいくぐってきた屈強の者たちとおもえた。

やくざたちは富岡八幡宮の神橋の前に立つ鳥居の前を右へ曲がり蓬萊橋へ向かった。蓬萊橋を渡って左へ折れる。

つづいた前原は蓬萊橋を渡り、ゆっくりと歩きつづけた。

十人は入船町の、二十間川が右へ川筋を変えたところを曲がった。歩調を変えることなく前原はすすんだ。

やくざたちの姿が見えなくなったあたりにさしかかった前原は、おもわず足を止めた。行徳一家の開け放した表戸の前に立ち塞がるように子分たちが居並び、凄みを利《き》かせた目で道行く人たちを見据えている。

〈脅しをかけている〉

としかおもえぬ子分たちの顔つきであった。修羅場馴《な》れした前原はともかく、堅気の衆にとってみれば、それこそ、

〈身の竦《すく》むような〉

気がするであろう子分たちの様子であった。

横目で子分たちを見やって通りすぎた前原は、裏返しに置いた三度笠に旅合羽を入れたやくざたちが、上がり端に腰をかけ草鞋《わらじ》を脱いでいる姿を、しかと見届けていた。

(何のために新手を呼び寄せたのか)

行徳一家が新たな悪事を企《たくら》んでいるのは、あきらかだった。

深川大番屋へ向かって前原は足を速めた。

半刻(一時間)後、前原は用部屋で錬蔵と向かい合って座していた。

行徳から新手の十人の行徳一家の子分たちをつけてもどってきた経緯と、深川から足抜きした遊女が行徳一家の息のかかった女郎屋から足抜きし、逃げ切れぬとわかって入水して自裁したとおもわれる骸にでくわしたことなどを、前原から聞かされた錬蔵は、

「新手がくわわったか」

とつぶやいたきり、黙り込んだ。

しばしの沈黙があった。

顔を上げて前原を見つめて錬蔵が告げた。

「入水した女郎、まこと自裁であろうか」

「そこまでは、たしかめる余裕がありませんでした。ただ」

「ただ、何だ」

「首に絞められた痕がなかったことだけは見極めております」

再び錬蔵は黙り込んだ。

ややあって、告げた。

「子らの顔も見たいであろう。長屋へもどって休め。用ができたら声をかける」

「手が足りぬ折り、心遣いはありがたいことですが」

いいかけた前原を手で制して、

「いいから休め。じきに扱《こ》き使うことになる。たまには子供たちの相手もしてやるものだ」

笑みを含んで告げた。

「それでは、おことばに甘えさせていただきます」

微笑んだ前原が深々と頭を垂れた。

久しぶりに会った前原に甘えているのか、佐知と俊作の弾けるような笑い声が聞こえる。その声を背で聞きながら錬蔵は表門へ向かった。

河水楼へ向かい、藤右衛門に前原が行徳で見聞きしてきたことをつたえ、深川の遊女たちに詳しい者を教えてもらおう、と考えていた。

（たとえその者が女衒《ぜげん》でもよい。頼み込んで前原と一緒に行徳へ行ってもらうのだ）

帰ってきたばかりの前原を、すぐに行徳へ向かわせるのは可哀想な気がした。ましてや前原には可愛い、ふたりの子供がいるのだ。子供たちにしても、母親代わりのお俊がそばにいるとしても父親の前原が長屋にいるほうが嬉しいに決まっている。

もともと行徳と深川の縁は深い。江戸幕府の始祖、御神君《ごしんくん》、徳川家康が狩りに出かけた折り、行徳で、浜に竈《かまど》を設け、塩をつくる村人たちを見かけた。

甲斐《かい》の武田信玄《しんげん》が小田原《おだわら》から運び込んでいた塩を止められて難儀し領地を失いかねぬ危機に陥《おちい》ったのを、徳川家康は隣国にあって熟識《じゆくしき》していた。塩づくりをしている村人たちを見つけた徳川家康の喜びが如何許《いかばか》りか想像に難《かた》くない。

以後、家康は行徳の塩づくりに携わる村人たちに稼業隆盛のための支援をつづけ、同時に行徳と江戸との間の船路を確保すべく堀川の掘削を命じた。

形が刀の鞘に似ていることから鞘番所の名前の由来ともなった御舟蔵が、大川への流入口の際に建つ小名木川は、幅二十間（約三十六・四メートル）余、中川の川口まで長さは、およそ一里十町（約四・九九二キロメートル）ある。小名木川は船堀《ふなぼり》川と名を変え西小松《こまつ》村と東小松川新田の間から下今井村まで川路一里二十町（約六・一キロメートル）ばかりつづいて利根《とね》川へ通じている。幅は、小名木川同様、二十間である。一本につながる小名木川と船堀川のことを行徳川と呼ぶこともあった。この名には行徳へ通うための川という意味がこめられている。小名木川、船堀川は隆盛を極めた利根川舟運の水路のひとつでもあった。

〈深川と行徳は水路をたどれば、いわば隣町といってもいいほどの処だったのだ〉

もっと深川のことを知り尽くさねばならない、と錬蔵はおもった。

知っていれば行徳一家と聞いたときに、

〈深川一帯を縄張りにすべく乗り込んできたに違いない〉

と判じて、出方を見るような悠長な手立てはとらなかったはずなのだ。

〈弁天一家に異変があったと聞いたときに手入れを行っていれば、佃一家と石場一家は皆殺しに遭わずにすんだはず〉

忸怩《じくじ》たるおもいが、錬蔵にはある。

〈新手がくわわった〉

ということは、

〈行徳一家が新たな謀《はかりごと》をめぐらしている〉

証でもある。前原の復申により、

〈足抜き屋にも行徳一家はかかわっている〉

との推断が芽生えていた。

足抜き屋がらみで足抜きした女が行徳一家の息のかかった行徳の女郎屋にいたことは、たしかな事実なのだ。

〈他にも深川にいた女がいることがたしかめられれば、足抜き屋と行徳一家のかかわりはたしかなものになる〉

そのためには深川の遊女たちに詳しい者が是が非でも必要だった。

歩みをすすめながら錬蔵はさまざまな思案をめぐらしていた。

逃がし屋の仕事料の相場を知っていた猪之吉は、逃がし屋とかかわったことがあるのかもしれない。

行徳の遊里とつながりの深い女衒をつかまえれば、深川で遊女たちを足抜きさせるべく暗躍した足抜き屋の正体がわかるかもしれない。

行徳一家が次に狙《ねら》うのはどの一家か、など考えつくかぎりの事柄が頭のなかを駆けめぐった。

が、推量をつなぐ手がかりが、あまりにも少なすぎた。

（ひとつひとつ、手がかりを拾っていくしか手はないのだ）

おのれにそう言い聞かせ、錬蔵は河水楼への道を急いだ。


河水楼に顔を出した錬蔵を見て、藤右衛門がいった。

「今し方、政吉を使いに出しましたが、どうやら行き違ったようですな」

「何か起こったのか」

新手がくわわった行徳一家が、新たな動きを見せたのかもしれぬ、との考えが錬蔵の脳裏に浮いた。

「石場一家の猪牙舟が二艘、江戸湾は洲崎の岸近くを漂流していたのを、漁師が見つけましてね。たまたま出入りの漁師でして、知らせてくれたんですよ」

「二艘ともか」

「左様で。船板に喉を切り裂かれた子分ふたりの死骸が転がっていたそうでございます。もっとも、同じ江戸湾でも二艘の猪牙舟は離れたところを漂っていたようで。骸には筵をかけ、二艘とも石場一家の賭場近くの浜に引き上げてあるそうです。茶屋を何軒かやっておりますので、漁師たちも多数、出入りしておりますから話はすぐに聞こえてきます」

応えた藤右衛門に錬蔵が、

「どうも、深川の漁師たちは、深川大番屋へ届けるより先に藤右衛門に知らせに来るようだな」

「馴染《なじ》み、というものでございましょう。お得意先が困ることはあってはならぬ、と考えるは漁師も商人も同じでございますよ」

「そうか。馴染み、か」

あらためて錬蔵は、深川の町に住む者たちが御法度の埒外にある岡場所とは、切っても切れぬかかわりにあるのを思い知らされていた。

（深川の安穏を守るために、御法度に照らし合わせて動く。それでは、ただ町人たちの反感を招くだけなのだ）

深川大番屋支配の任につき、町人たちと触れ合いを深めてきた錬蔵の、偽らざるおもいであった。

（どうすればいいのか）

これでいい、という答を、錬蔵はいまだ得ていなかった。

（しょせん、流れに応じて処していくしかないのだ）

いつもながらの落着であった。

「行徳一家に新手がくわわったようですな」

しばし口を噤《つぐ》んだ錬蔵に藤右衛門が話しかけてきた。

「知っておったのか」

「馬場通りを三度笠に旅合羽。さながら凶状旅のような出で立ちで罷《まか》り通っていったのでございます。あえて人目につくように為したこと。この座敷に坐っていても、すぐに耳に入ります」

「実は、その一行をつけて前原がもどってきたのだ」

「前原さんが」

「行徳でおもわぬ話を聞き込んできた。実はな」

足抜き屋の話に乗って深川から足抜きしたとおもわれる遊女が水死体となって見つかったところへ前原が通りがかり、ひそかに正体を明かして宿場役人から聞き込んできたことを、かいつまんで藤右衛門に告げた錬蔵が、さらに、ことばを重ねた。

「足抜き屋からすすめられ足抜きした遊女たちの顔を見知った者に心当たりがあれば教えて欲しい。前原とともに行徳へ出かけてもらい、行徳一家の息のかかった女郎屋を探って、深川から足抜きした女がいるかどうか、あらためてもらおうとおもっている。手伝ってもらうよう、おれが口説く」

「ぴったりの男が、おります」

「どこの、誰だ。すぐにも出向いて、話をつける」

「口説く必要もありますまい。その男、いわれれば、ただちに行徳へ向かいましょう」

「口説く必要もない、とは」

「その男とは、猪之吉でございます。猪之吉がいまやっているのは、足抜き屋の足取りを追うことでございます。足抜きした女の人相風体、深川に出入りしている女衒たちのことを、すべて知り抜いているからこそ、まかせたのでございます」

無言で錬蔵はうなずいた。藤右衛門のいうとおりだった。探す相手の顔を知らぬかぎり、探索が出来るはずがなかった。猪之吉は岡場所の男衆である。錬蔵と違って足抜き屋が誰か、突き止めて捕らえるのではなく、捕らえて責めにかけ足抜きした女たちを取り戻すことが務めだった。取り戻し、深川へ連れ帰るは遊女たちの顔を知らなければ、出来ぬことであった。

「猪之吉なら、心強い」

「猪之吉には、そのこと、わたしからつたえておきます。いつ旅立ちといたしますかな。猪之吉はいつでも行けますが」

「そうよな」

耳元に久しぶりに帰ってきた父と触れ合う佐知と俊作のたのしげな笑い声が甦った。

（一晩ぐらいは一緒にすごさせてやりたい）

とおもった。

「明早朝の旅立ちとしよう」

「それなら猪之吉を七つ（午前四時）に鞘番所へ行かせましょう」

「頼む」

黙って藤右衛門が顎を引いた。

五

大番屋へもどった錬蔵に門番が告げた。

「政吉という者が御支配を訪ねてきました。安次郎さんに話をつないだら、顔馴染みだそうで長屋へ連れていかれて、そこでお帰りを待っている、とのことです」

河水楼へ行くとは誰にも告げていなかった。入れ違いになった政吉が、

(そのまま待っているのではなかろうか)

とおもっていたが、図星だった。案外、藤右衛門の目が届かぬのをいいことに骨休めしているのかもしれない。藤右衛門の人使いの荒さは、錬蔵が傍で見ていても、

〈これでは休む間もない。さだめし辛かろうに〉

と驚かされるほどのものなのだ。若い小幡はともかく、松倉や溝口、八木などを同じように扱き使ったら、おそらく、

〈これは手酷い扱い。命の洗濯をせねば、とても務まらぬ〉

と錬蔵の目をかすめて、こそこそと、どこぞの茶屋などへ潜り込んで昼寝などをし、十分に休みを取ったにもかかわらず、見廻りに疲れた顔をつくって深川大番屋へもどってくるに違いないのだ。

(捕縛に押し入るときなど、溝口はじめ皆、それなりの働きをしてくれる。おれに逆らうこともなくなった。上々というべきだろう)

そうおもいながら長屋の表戸を開けると、台所からつづく板敷で安次郎と政吉がむずかしい顔つきで向かい合っていた。

入ってきた錬蔵に気づいて安次郎が腰を浮かせた。

「旦那、大変なことになってますぜ」

「大変なこと？」

「旦那に話してくんな。直《じか》に見た者のほうが詳しくつたわる」

顔を向けた安次郎が政吉にいった。

「それじゃ、あっしから」

口を開いた政吉に上がり框《がまち》に足をかけた錬蔵が、

「座敷で聞こう」

と奥へ向かってすすんだ。

刀架に刀を置いた錬蔵は安次郎や政吉と向き合って坐った。

「河水楼へ出向いたのだ。藤右衛門から石場一家の猪牙舟を漁師が見つけたと聞いた。骸が残されているそうだ。同心たちが見廻りからもどってきたら引き取りにいかせるつもりでいる」

「行き違いでしたか。そいつは抜かった。けどね、話は石場一家の猪牙舟のことだけではないんで」

「行徳一家がらみのことか」

問うた錬蔵に政吉がうなずいた。

「あっしの幼馴染みに洲崎で漁師をやっている奴がいやして、そいつが顔のあちこちに傷や青痣《あおあざ》をつくって訪ねてきていうことには、行徳一家の子分たちがやってきて、みかじめ料を寄越せ、と横車を押し始めたそうで」

「みかじめ料を堅気の漁師から取ろうというのか」

問い直した錬蔵に政吉が応えた。

「そうなんで。みかじめ料は縄張り内で客に酒肴を饗《きよう》する商人か大道で物や芸を売る小商人に、やくざたちが強要する、いわば所場代。それを堅気の衆に無理強《じ》いするとは、いままで聞いたことがない話で」

底知れぬ悪党とのおもいが錬蔵に湧いた。政吉が、さらに、つづけた。

「払うつもりはねえ、と言い張った漁師に子分たちはよってたかって殴る蹴るの乱暴を働き、息も絶え絶えになって地面に這いつくばった漁師に『大島川、二十間川から江戸湾よりは行徳一家の縄張りだ。縄張り内で何をしようと、おれたちの勝手。これから網元にも掛け合って、みかじめ料を取る算段をつけるつもりだ』と居丈高《いたけだか》に言い放ったそうで。いいにくいことですが、そのときに奴らが嘲《あざけ》ったように」

「深川大番屋の役人たちは役立たずだ、といいおったか」

「そのとおりで。見廻りの同心なんざ、おれたちが凄めば、すごすごと引き上げていく有り様だ、いわば深川は、おれたち行徳一家が御上《おかみ》代わりに支配しているのだ、と、それは大変な剣幕だったようで」

「そうか。御上代わり、と言い放ったか」

侮《あなど》られても仕方ない、とおもった。溝口はともかく松倉も八木も行徳一家に凄まれて、精一杯の虚勢を張って引き上げてきた、というのがほんとのところなのだ。溝口にしても、かろうじて深川大番屋の面目を保っただけで、

「下っ引きたちの足が竦んでいた」

との復申を受けている。

うむ、と呻いて錬蔵は、顎を引いた。おのれの腹を括《くく》らせるための動きであった。

（行徳一家の矢継ぎ早の動きに、すべてが後手にまわったのだ。これ以上の勝手を許すわけにはいかぬ）

一刻の猶予もなかった。

「安次郎、同心たちは、まだ見廻りからもどっておらぬか」

「もどられるのは、いつも七つ（午後四時）過ぎです。まだ一刻（二時間）余りあります」

「なら仕方あるまい。おれたちだけでやるしかない。政吉の幼馴染みの漁師から話を聞き、事と次第によっては行徳一家の子分を引っ捕らえて牢に放り込む」

「旦那、それじゃ、いよいよ、鞘番所あげて動いてくださるんですかい。生まれ育った深川のためだ。あっしにも働かせてくだせえ。命がけで務めますぜ」

腰を浮かせて政吉が声を上げた。横から安次郎が聞いてきた。

「前原さんに声をかけますか」

「前原には、明朝四つに猪之吉とともに、再度、行徳へいってもらうと決めている。帰ってきたばかりだ。無理はさせたくない」

「猪之吉兄哥《あにぃ》が、行徳へですって」

声を高めた政吉に錬蔵が、

「藤右衛門と話し合って決まったことだ。足抜き屋の探索に出向いてもらう」

はっ、とおもい当たって政吉が問うた。

「それじゃ足抜き屋にも行徳一家がからんでいるんで」

「そうだ」

短く応えた錬蔵が顔を向けて、

「安次郎、前原の長屋へいって明朝の旅立ちのこと、つたえてくれ。おれは支度をととのえ、政吉とともに表門そばで待つ。用がすみ次第、来てくれ」

「わかりやした」

うなずいて安次郎が立ち上がった。

洲崎の漁師の家は粗末なものだった。呼びかけに表戸を開けた漁師に政吉が告げた。

「鞘番所の御支配の大滝さまが話を聞きたいとおいでになっている」

「御支配さまが」

漁師は驚いて政吉の背後を窺《うかが》った。錬蔵と安次郎の姿を目にして、

「おっ母《か》あが、な。病でふせっているんだ。お父《とう》は疲れて眠っているし、表で、というわけにはいかねえだろうな」

「おめえ、木枯らしが吹いてるんだぜ。しかも海辺のこった。こちとら、風が冷たくて、躰がちぢみあがってるんだ。耳を澄ましてみな。虎落笛《もがりぶえ》が、これ以上ないくらい派手に鳴り渡っているぜ」

おもわず政吉が舌を鳴らした。

申し訳なさそうな顔つきで漁師が頭を掻《か》いた。

様子を窺っていたのか錬蔵が声をかけた。

「近くで茶の一杯も飲みたくなった。悪いが幼馴染みに、そこまで付き合ってもらいてえんだが」

振り向いて政吉が、

「旦那」

と声をつまらせ、申し訳なさそうに頭を下げた。

洲崎弁天の境内にある茶店の奥座敷で、錬蔵は政吉や漁師と向かい合っていた。錬蔵の傍らに安次郎が控えている。

漁師の名は島造《しまぞう》といった。話し終えて島造は痣だらけの顔を歪めていった。

「旦那、漁師たちは、みんな、その日暮らしだ。みかじめ料なんか取られたら喰っていけねえ。おれ以外にも殴られた奴がいる。意気地がねえのがいて、みかじめ料を払った野郎もいる。その意気地なしのお陰で『他の野郎も払ったんだ。てめえも払え』と行徳一家の奴らは居丈高になってくるだけだ。悔しくて仕方がねえ」

「行徳一家がみかじめ料を取り立てはじめたのはいつからだ」

問いかけた錬蔵に島造が、

「昨日からで。あっしは漁舟を浜に上げ舫杭に結わえつけたときに声をかけられやした」

そのときのことを思い出したか、口惜しげに顔を歪めた。

漁を終えて帰ってきた頃合いだとすると、石場一家の賭場を襲って皆殺しにしたら、すぐにも堅気の衆からも、みかじめ料を取り立てる、と、あらかじめ企んでいたのだろう。

（そのための新手か）

深川の洲崎、入船町、佃町、石置場と虱《しらみ》潰しに、みかじめ料の取り立てを行うつもりなのだ。人手が多いほど、やりやすいに決まっている。

「網元のところにも顔を出すといっていたのだな」

「そういっておりました。もっとも、網元の家に奴らが現れたとの噂は聞こえてきやせん。網元のところに姿を現したら必ず、あっしの耳に入ってくるはずなんですが」

応えた島造に、

「とりあえず網元のところに顔を出してみよう。手間かけて悪いが案内してくれるかい」

告げた錬蔵が脇に置いた大刀に手をかけたとき、

「行徳一家だ。みかじめ料を取り立てに来たぜ」

との声が上がった。

「そんな馬鹿な。昨日、お払いしたばかりじゃありませんか。みかじめ料は月に一度と弁天一家の頃から決まっております」

「おれたちは行徳一家だ。弁天一家とは、やり口が違って当たり前だろうが」

縁台でも蹴飛ばしたのだろう。何かが倒れる派手な音が響いた。

立ち上がって大刀を腰に差しながら錬蔵がいった。

「安次郎、科人《とがにん》を縛る縄は何本持っている」

「あいにく懐には一本しか入っておりやせん」

「そうか。なら数珠つなぎで引っ立てるしかないな」

「やりやすか、本気で」

にやり、として安次郎が懐から捕り縄を取り出した。

「暴れさせてもらいやすぜ」

腕まくりした政吉に錬蔵が、

「行徳一家の子分たちの腕一本、叩き折ってやるつもりだ。怪我するといけねえから手出しは無用。安次郎と一緒に子分たちを数珠つなぎに縛り上げてくれればいい」

見返って島造に告げた。

「ここから出るんじゃねえぜ。顔でも見られたら、とばっちりをくうかもしれねえ。おまえさんが、おれに洗いざらい喋ったとは口が裂けてもいうんじゃねえよ。いつも傍についてることはできねえ。できるだけ、おれとは関わりがねえように振る舞うんだ」

「わかりやした。この座敷から一歩も出ることはございません」

島造は頭を下げた。

殴られでもしたのか女の悲鳴が聞こえた。

「お役人さま、お助け、お助けください」

男が大声で呼びかけた。おおかた茶店の主人だろう。

座敷の障子を開けて錬蔵が草履《ぞうり》に足を伸ばした。

「おめえは」

「鞘番所の支配」

子分たちが後退《あとじさ》った。

すすみながら錬蔵は目線を走らせて数えた。五人、いた。

「顔を覚えてくれていたか」

悠然とした足取りで錬蔵が子分たちに迫った。

頬が手の痕で赤く腫《は》れ上がった茶屋女をかばって、御盆を手にした主人が壁際に立っている。

「奥の座敷で話を聞かせてもらった。みかじめ料を毎日取るとは、ずいぶんと無法な話だな。濡れ手で粟の、泡銭《あぶくぜに》の大儲けって算段かい」

気圧《けお》されたのか、錬蔵の動きにつれて子分たちが後退った。

「御法度を守らせるのが、おれの務めだ。おれの見るかぎり、てめえたちのやっていることは、ゆすり、たかりに乱暴狼藉。とても見逃すわけにはいかねえことばかりよ」

まわりの景色を見渡して、錬蔵がいった。

「いい按配《あんばい》に茶店の外に出た。ここなら、多少暴れても壊れるものはないやな。引っ括って牢にぶちこんでやるから、観念しな」

不敵に薄ら笑った。

「野郎」

「なめやがって」

懐から匕首《あいくち》を抜いて左右から子分たちが突きかかってきた。

錬蔵の腰から閃光が迸《ほとばし》った。同時に、鈍い音が続けざまに響いた。

子分たちが匕首を取り落とし、腕を押さえて地面をのたうっている。

目にもとまらぬ早業だった。

峰に返した大刀を手にした錬蔵が子分たちに一歩近寄った。

「腕の骨を叩き折っただけだ。さんざん他人様に迷惑をかけてきたんだ。てめえらには、相応の苦しみを味わってもらわなきゃ腹の虫がおさまらねえ」

ひるんだ子分たちが後退った。

「いっとくが、おれは腹を立てている。行徳一家のやり口、にだ。だから容赦はしねえ」

いうなり錬蔵は躍《おど》りかかった。

瞬《まばた》きする間もなかった。

一振り、二振り、三振り。

さながら蝶が舞うかのように刀が返された。そのたびに骨の折れる鈍い音がつづいた。

腕を押さえて激痛に呻く子分たちを見やって錬蔵は刀を鞘へ納めた。

振り向いて安次郎に告げた。

「腕の骨を折っただけだ。歩くに不自由はねえ。数珠つなぎに引っ括って深川大番屋の牢にぶち込め。見せしめだ。馬場通りを、できるだけ目立つように、派手に引き回して連れていくんだ」

「合点承知」

縄を手にした安次郎が痛みに呻く子分たちを、きりきりと縛りあげていく。政吉も勇んで、子分たちを数珠つなぎにしていった。

数珠つなぎにされ、痛みによろめく連中を引きずるようにして安次郎が引き立てていく。

その前を錬蔵が悠然と歩いていた。少し離れて、錬蔵から、

「これ以上の手助けは、なしにしてくんな。行徳一家と派手にやりあうときがくる。そのときに命がけで働いてもらうぜ」

と、茶店を出るときに告げられた政吉がついてくる。

富岡八幡宮の一の鳥居が天空を切って聳《そび》え立っていた。

馬場通りを行く人たちが立ち止まって一行を見つめている。数珠つなぎにされた子分たちの右腕はだらり、と力なく垂れ下がり、一目見て、

子分たちがよろけると、安次郎が情け容赦なく縄を引っ張った。苦しげに喘《あえ》ぎながら引き立てられていく。

足を止め見つめる野次馬たちのなかに、宗三や行徳一家の子分たちの姿があった。

政吉と目配せをしあった富造が背中を丸めて走っていく。

（藤右衛門へ知らせに走るのであろう）

野次馬たちを横目で見ながら錬蔵は判じた。宗三からすぐに話はつたわるだろう。

（行徳の万造に浦瀬の鎌五郎、いずれも悪知恵の働く奴ばら、次はどんな手を打って
くるか）

命のつづくかぎり、とことん、やり抜く。錬蔵は、あらためて、腹を括った。

五章　三弦供養《さんげんくよう》

一

台所から俎板《まないた》を叩く音が聞こえてくる。葱《ねぎ》でも刻《きざ》んでいるのであろう。

その音が毎朝の鍛錬を終え、汗を拭っている錬蔵の耳には心地よく響いていた。安次郎は早めに鍛錬を終え、牢を覗《のぞ》きに行っている。町医者を呼んで手当はしてあるものの、骨折した怪我人をやくざ者とはいえ、ほうっておくわけにもいかなかった。

このところ顔を出さなかったお紋が風呂敷に葱や浅蜊《あさり》の佃煮などを包み込み、朝餉をつくりにやってきた。

昨日、錬蔵と安次郎が腕の骨を折った行徳一家の子分五人を数珠つなぎにし、引き回し同然に引き立てていった、との噂は、狭い深川のこと、あっという間に広がった。

その噂を聞きつけ、心配してお紋がやって来たことは、錬蔵にもわかった。

まだ、お紋とは顔を合わせていない。が、

（お紋は、まず、そのことを口に出すまい）

と錬蔵は判じていた。

いままでもそうだったが、お紋は錬蔵が斬り込みなどの大捕物を為したあとは、必ずといっていいほど翌日、朝餉をつくりにやって来た。菜の支度をしてともに食し、さしさわりのない世間話をして帰って行く。

〈怪我がないかどうか、たしかめるためにやってくる〉

そんな気がする、お紋の動きだった。

この日もそうだった。

三人での食事を終え、後片付けして帰りしなに錬蔵に近寄り、安次郎には聞こえぬほどの小さな声で、

「無理だけは、しないでくださいね」

といい、いつもと同じようにこぼれるような笑みを向けて、

「また来ますよ」

と声をかけて出て行った。

笑みを返して錬蔵は黙然とうなずいただけであった。

〈無理をせぬ〉とは約束できぬ務めについている身である。微笑みを返すことしか錬蔵にはできなかった。


用部屋へ入ると、すでに松倉孫兵衛、溝口半四郎、八木周助、小幡欣作ら深川大番屋詰めの四人の同心が上座に向かって横並びに坐っていた。

前原は、猪之吉とともに、すでに行徳へ旅立っていた。安次郎は小者と一緒に治療に牢へ出かけている。

坐るなり錬蔵は同心たちに、

「行徳一家が堅気の者たちからも、みかじめ料を取り立て始めた」

と告げた。

叱責を恐れたのか、同心たちが俯《うつむ》いたまま黙り込んだ。

〈触《さわ》らぬ神に祟《たた》りなし〉を決め込み、見廻りの途上も、できうるかぎり行徳一家を避けているとおもわれた。そのことは日々の復申書に一行も行徳一家に関する記述がないことからも、うかがえる。

「深川大番屋としては行徳一家を手厳しく取り締まらねばならぬ」

告げた錬蔵に、おずおずと顔を上げて八木がいった。

「北町奉行所へ助勢を頼んではいかがでしょうか」

横合いから溝口が吐き捨てた。

「腕の立つ子分たちが揃《そろ》っているやくざの一家が、御上の意向も恐れぬ勝手気儘《きまま》な振る舞いに及んでおります、とても歯が立ちませぬ、助勢を出してください、と頼むというのか。相手はたかだか、やくざ者だぞ。恥を知れ」

そのことばに小幡がうなずいた。

「ひとりで歯が立たぬなら、ふたり一組で見廻ったらどうでしょうか。みかじめ料を取り立てている行徳一家の者を見かけたら、直ちに捕らえる。捕らえて牢に入れる。新手が十人くわわったとはいえ、御支配の働きで五人は怪我をして牢に入っております。残るは三十五人。ひとり、ふたりと捕らえていけば、いずれ行徳一家を潰すことができるはずです」

「そうはいっても、あの狐目の男、かなり腕が立つぞ。皆伝といっても通じる腕だとみた。情けないが、おれには、とても勝ち目はない。出くわしたら逃げるしかない。やりあったら死ぬことになる。まだ命は惜しい」

溜息まじりに八木がぼやいた。

「何という弱腰。貴様、それでも同心か。科人《とがにん》を取り締まるが務めではないのか」

咎める口調で溝口がいった。

「そうは、いっても、な。誰しも命は惜しいものだ」

ぼそりと松倉が口をはさんだ。

「一番年嵩《としかさ》のあんたまで、そんな弱腰とは、呆れ果てたことだ」

苛々《いらいら》しく舌を鳴らして溝口がそっぽを向いた。

「同心職を辞するか。が、それなら浪人をせねばならぬ。前原の苦労を見ていると、同心のままいたほうが、何かと都合がいいような気がする。どうしたものか」

ぼやいた松倉が、首をしきりに捻《ひね》っている。いかにも困惑している様子にみえた。

同心たちの話に口を挟むことなく錬蔵は黙然と座している。松倉が、

（なぜ、突然、同心職を辞する、などといいだしたか）

話の成り行きに興味さえ抱きはじめていた。

「どうしたものかの、八木。ともに同心を辞めるか。辞めて浪人になるか。それも気楽でいいような気がする」

不意に松倉から話を振られて、八木が呆気に取られた顔つきとなった。

「同心を辞める、などと、そんなことは考えてもおりませぬ。辞められるのなら、松倉さん、おひとりで勝手に辞められたらよかろう。身共はこのままで満足しております」

応えた顔を覗き込むようにして松倉がつづけた。

「満足しておるか。行徳一家と斬り合って、明日、命が果てるかもしれぬのだぞ」

「それは、しかし」

顔を背けた八木に松倉がことばを重ねた。

「同心をつづけるかぎり、捕物とは縁が切れぬのだ。科人は、みな一癖ある奴らだ。狡賢《ずるがしこ》いか、兇悪か、あるいは両方兼ね備えた兇徒かもしれぬ。が、躰を張って科人と向き合わぬかぎり同心はつとまらぬ。兇悪無惨な科人は恐ろしい、命は惜しいではつとまらぬ務め、それが同心だ」

心中で、錬蔵は、にやり、としていた。

〈案ずるより産むが易し〉

という。

（思うように動いてくれぬ）

と腹立たしい思いで見てきた同心たちの間で、いつのまにか、それぞれの役割が出来てきたことに気づかされていた。松倉の発する次のことばを待った。

「死ぬかもしれぬのだぞ。同心をつづけていれば命がなくなる恐れが高いのだ。どうだ。ふたりして同心職を辞して、絵草紙屋でもやらぬか。絵草紙を読むのが好きなお主だ。うまくいくかもしれぬぞ」

「松倉さん、その話、打ち切りましょう。同心を辞める気は、さらさらないのですから」

困惑しきって八木がいった。

「なら、行徳一家とやりあうしかないのう。溝口のいうとおり、北町奉行所へ助けを乞《こ》うなど出来る話ではない。ましてや、われらは役立たずなどと侮《あなど》られ、厄介者《やっかいもの》扱いをされて北町奉行所から放逐されたも同然の身ではないか。助けを乞うても北町からは『無駄飯食いを処置するよい折りだ』と知らぬ顔の半兵衛を決め込まれるのがおちだ。そのこと、わからぬお主でもあるまい」

三人が神妙に松倉のことばに聞き入っている。

(日々、顔を突き合わせているからいえることなのだ)

半ば驚きの目で錬蔵は松倉を見やった。

「馴染み、というものでございましょう」

藤右衛門のことばが錬蔵の耳に甦った。

（馴染み、か）

錬蔵は胸中でつぶやいていた。

（短い間に、相手をわかろうとするから無理が生じるのだ。馴染みになる。それ以上、望んではならぬのかもしれぬ）

つづく松倉のことばに、錬蔵はさらに驚かされた。

「ひとりで行徳一家を相手にするのは、おれも怖い。どうだろう。ふたり一組で見廻る。おれと小幡、溝口と八木の組み合わせがしっくりいくとおもうが」

躰を向けて溝口が不満げに鼻を鳴らした。

「おれが八木と。そいつは、ちょっとな。ま、仕方ないか。臆病風は御免だぞ、八木」

顔を背けて八木が応じた。

「誰が臆病風を吹かせた。おれは、ただ北町奉行所に助勢を頼もう、といっただけだ。おれなりの策を述べたにすぎぬ。それより、剣の業前に驕《おご》って勝手な動きはするな」

「なにっ、もう一度いってみろ」

腰を浮かせた溝口に松倉が、

「御支配の前だぞ、少しは控えぬか」

「それは、たしかに」

と溝口が錬蔵に視線を走らせ、あわてて坐り直した。

向き直って松倉が問うた。

「御支配、勝手に話をすすめ申し訳ありませぬが、いかがでございましょう」

「おれも、ふたり一組でまわるがいいとおもう。下っ引きたちの数も増える。行徳一家の荒くれどもを捕らえるためにも何かと都合がよかろう。些細《ささい》なことにも罪科《つみとが》を見いだし、片っ端から子分たちを引っ括《くく》り牢に入れる。行徳一家の数を減らすことを狙いとする策だからな」

「それでは、さっそく見廻りに出かけます」

「心してかかれ」

下知した錬蔵に松倉、溝口、八木、小幡が強く顎を引き、脇に置いた大刀を手に取った。

大番屋の牢の前、壁際に置かれた縁台に安次郎や小者たちが途方にくれた顔つきで坐っていた。骨折を治療する膏薬《こうやく》などが入れてある風呂敷包みが結われたままになっている。

入ってきた錬蔵に気づいて安次郎が振り向いた。

「どうした」

「こいつら、治療したけりゃ中に入って来い、の一点張りで。少し気分がよくなったらしくて、いい気になってやがる。膏薬を貼り替えるために中に入っていったら人質にでも取ってやろうとの魂胆がみえみえで」

にやり、として錬蔵が、

「悪知恵をめぐらすほど回復したか、それは上々」

と牢の中を覗き込んだ。ふて腐れた顔つきで坐る子分たちが横目で錬蔵を睨みつけた。兄貴格らしいのが吠えた。

「この大番屋には度胸のある役人はいねえのかい。牢の外へ出たくねえほどの痛みなんだよ。入ってきて治療するのが当たり前だろうが」

「これは元気だ。これなら心配ない」

笑いかけた錬蔵に兄貴格が、

「何でえ。何が心配ねえんでえ」

声を荒げるのを相手にせず、安次郎たちを見返って錬蔵が告げた。

「治療はせずともよい。こ奴ら、骨が折れたまま、腕の痛みの取れぬままでもよいと申しておるのだ。大番屋の財政は決して豊かではない。診療にかかる金も馬鹿にならぬ。ありがたいことだ。世に仇《あだ》なした罪滅ぼしの気でいるのであろう。きちんと治療せねば、この後、腕が曲がったままで生きることになろうが、それでもかまわぬ、とは殊勝な心がけだ。引き上げろ。もう怪我の世話はせずともよい」

安次郎たちを追い立てるように手を振った。

「何をいってやがるんでえ。誰が治療しなくていい、といった。痛いんだよ。ほんとは痛むんだよ、骨が折れてるんだよ」

兄貴格が怒鳴った。

立ち止まった安次郎や小者たちが、錬蔵に、ちらり、と視線を走らせた。

「かまわぬ。ほっておけ。癖になる。二、三日もほっておけば悪知恵も出なくなる。ほっておけ。さ、行くのだ」

と再び手を振って安次郎たちを追い立てた。

立ち去って行く安次郎たちを見送って、錬蔵が振り向いた。

「てめえら行徳から来たばかりで、江戸の様子がよくわからねえようだから教えてやる。町奉行所と違って花のお江戸の大番屋はな。江戸に巣喰うならず者どもから『地獄の責め苦をされる処。捕まってお取り調べを受けるなら、せめて町奉行所で受けたいものだ』といわれている、ひとりやふたり責め殺しても御奉行の目は届かねえ、一寸刻みに五分試し、おれたち役人が、やりたい放題の、おめえらにとっちゃ地獄同然の囚獄《しゅうごく》なんだぜ。折られた骨の痛みを嚙みしめて、てめえらの腐った根性が生み出したことと、せいぜい自分を恨んで耐えるんだな」

いうなり背中を向けた。歩きだす。

「頼む。治療してくれ。痛いんだよ。お慈悲だ。お願いだよ」

兄貴格が叫んだ。他の子分たちもことばにならない声を上げている。悲鳴に似ていた。

見向きもせず錬蔵は牢屋を後にした。

用部屋へもどると安次郎が待っていた。

「政吉が迎えに来てます。河水の親方が、急ぎ出向いてもらいたい、と仰有《おつしや》ってるそうで」

「藤右衛門が」

昨日会ったばかりである。連日の呼び出しとは、いつもの藤右衛門らしくない、とおもった。藤右衛門は、よほどのことがないかぎり使いを寄越さない。

(何が起こった、というのだ)

おもい当たることが錬蔵にはなかった。

返事を待つ安次郎を見やって告げた。

「河水楼へ行く。付き合ってくれ」

「端《はな》から、そのつもりで」

小さく安次郎が顎を引いた。

河水楼に着いた錬蔵と安次郎を、富造がいつもの帳場の奥の間ではなく、二階の座敷へ案内した。政吉は富造と引き継いで板場のほうへ引き上げた。

座敷の前の廊下に坐った富造が、

「大滝さまと竹屋の親分をご案内しました」

と声をかけた。なかから藤右衛門が応えた。

「待っておりました。お入りください」

その声に富造が戸襖を開いた。

「入る」

と告げ錬蔵が足を踏み入れた。安次郎がつづき富造が閉めた戸襖の近くに座した。

下座に控えていた藤右衛門が錬蔵が坐るのを待って声をかけた。

「おもいもかけぬ、お働きでございましたな。藤右衛門、久しぶりに溜飲が下がるおもいがいたしました」

溜飲が下がる、との一言に、藤右衛門の行徳一家に対する苦々しいおもいがこもっていた。

「堅気の漁師たちからも、みかじめ料を取ろうとしていた。くわえて、茶店から、みかじめ料を毎日取り立てる、という。度を過ぎた無法は許せぬ、と判じた。深川大番屋支配として当然のことをやっただけのことだ」

「深川の者たちは大喜びでございました。本腰を入れて行徳一家とやりあう覚悟をみせてもらった、とあちこちで話の種になっております」

「話の種、にか。深川の者たちは行徳一家のことを、よく知っている。そのやり口に恐れを抱いている。そういうことかな」

「石場一家の賭場から逃げ出した旦那衆のなかに、行徳一家の代貸の顔を知っている者がいましてな。姿形を変え商人風にみせて賭場に顔を出したのを不審におもっていたところ、『いかさまだ』と騒ぎ立てたので、これは賭場荒らしに来たのだ、と真っ先に場を立ったといっておられましたが。いやはや、世間の口には戸は立てられないもので弁天一家も佃一家も、石場一家のように行徳一家が騙《だま》し討ちを仕掛けたのだろう、ともっぱらの噂でして」

「知らぬは御上の役人ばかり、ということか」

それには応えず微笑んだ藤右衛門が、

「大滝さまに引き合わせてもらいたい、と申し入れてきたお方がいらっしゃいましてな。河水の藤右衛門も、是が非でも会っていただきたい、話を聞いていただきたいと願うお人でございます」

「他ならぬ藤右衛門の仲立ちだ。会おう」

「快く引き受けていただきありがとうございます」

隣室との境の襖に向き直った。

「富造、襖を開けな」

襖が開かれた。

襖の向こう、隣室との境に、錬蔵と向き合う形で黒紋付の羽織袴を身にまとった、がっしりした体軀の男が深々と頭を下げていた。

じっと見つめる錬蔵に男の姿が見えるように躰をずらした藤右衛門が、

「櫓《やぐら》一家を束ねる櫓下の綱五郎《つなごろう》でございます。以後、お見知りおきください」

「櫓一家の親分、綱五郎とな。深川大番屋支配、大滝錬蔵だ。顔を上げてくれ。それでは話ができぬ」

顔を上げ姿勢を正した綱五郎が、

「櫓下の綱五郎でございます。命を預けにまいりました」

「命を？　おれにか」

藤右衛門がことばを添えた。

「行徳一家の子分たちを引き立てていかれた大滝さまの姿を見て、櫓下の親分は『鞘番所の御支配さまが命がけで深川のどぶ浚《さら》いをなさろうとしておられる。どぶン中にいるのは綱五郎も一緒だが、行徳一家ほどどす黒く汚れちゃいねえ。どぶの中にいる者だが、どぶ浚いのお手伝いをさせてほしい。命がけで手伝う』とわたしに頼み込んできましたので」

うなずいた錬蔵が綱五郎を見つめた。

「命は、預からせてもらう」

「ありがてえ。櫓下の綱五郎、いままで食い扶持《ぶち》を与えてくれた深川のために働かせていただきやす」

「食い扶持をあたえてもらった、というか」

「一宿一飯の恩義は、やくざ渡世では外せねえ筋のひとつ。櫓一家は一宿一飯どころか、ここ十数年、深川のかすみを喰らって生き永らえておりやす」

「命は預かる。ただ」

「ただ、なんでございましょう」

「働いてもらうときは声をかける。それまでは今までどおり、にな」

「仰《おお》せの通りにいたしやす」

深々と綱五郎が頭を下げた。錬蔵は凝然と綱五郎を見つめている。

二

驚くほどの成果だった。

同心たち四人が捕らえた行徳一家の子分たちの数が、である。

三人を松倉と小幡の組が捕らえ、溝口と八木の組が八人、合わせて十一人を引っ括《くく》っていた。とくに溝口などは、

〈ここまで、やっていいのか〉

とおもわれるほどの強引さで、凄んで暴言を吐いただけの子分を、

「御上に逆らうは許さぬ」

と抜き打ちに手加減なしの峰打ちの一撃をくれ、気を失ったのを縛り上げた。さらに、引っ捕らえて数珠つなぎにした子分たちに、その気絶した者を担がせて鞘番所へ運び込む、という荒事を為していた。

復申を受けた錬蔵は溝口と八木に、

「思う存分やるがよい。多少の荒事はかまわぬ。ただし、見廻りのときは、今まで以上に気をつけることだ。行徳一家のことだ。何を為すかわからぬ」

「望むところです。襲ってきたら成敗《せいばい》してやるだけのこと」

と、肩をいからせた溝口を横目で一瞥《いちべつ》した八木が、

「行徳一家が捕らえた子分たちを取り返すために殴り込んでくるかもしれませぬな。深川大番屋の警戒を厳重にすべきではないでしょうか」

「それはあるまい。深川大番屋が手強《てごわ》い動きを始めたので『行徳の宿役人とは違うようだ』としばらく様子をみてくるだろう。見廻りのとき以外は、大番屋から出ぬよう

心掛けることだな」

ふたりが黙って顎を引いた。

「ゆっくり休め」

「そうさせていただきます」

頭を下げた溝口に八木がならった。

すでに松倉と小幡は復申を終え、長屋に引き上げていた。

ひとり用部屋へ居残った錬蔵は、事の成り行きを、あらためて見直していた。溝口たちの働きは錬蔵の予測をはるかに超《こ》えていた。

〈おもいもかけぬ成果〉

といっていい。が、そのことに錬蔵は、かえって途惑っていた。

〈あまりにも短兵急《たんぺいきゅう》な動き。行徳の万造は、必ず新たな謀《はかりごと》をめぐらしているはず〉

と判じていた。

行徳で留守を守る代貸格の荒波の修次郎に万造が、

〈新手を送りこめ〉

と指図したとすれば新手が深川にやってくるのは何時《いつ》になるだろうか、と思案した。前原の復申から割り出すと、行徳に残っている子分たちの数は十人ほど、ということになる。

——用心棒を三人、雇《やと》った
と行徳の居酒屋で行徳一家の子分たちが酒を呑みながら話をしていた、と聞き、

(何かある)

と睨《にら》んで張り込んだと前原がいっていたことを思い出した。

「用心棒か」

無意識のうちに錬蔵はつぶやいていた。

行徳一家は息のかかった女郎屋を四軒持っている。多くの旅人が出入りし往来する行徳では、女郎屋を旅籠代わりに使う旅人も多数いるようだった。女郎屋は大繁盛している、と前原はいっていた。となると行徳一家の懐具合は豊か、とみるべきだった。

(金で用心棒を雇って新手とするか)

そう考えるのが一番手っ取り早い手立てのような気がした。

子分を集めるとなると厄介なことが幾つか絡んでくる。はねっかえりの乱暴者などを下手《へた》に子分にしようものなら、知恵足らずのせいで堅気の衆と揉《も》め事を起こしたり、同業の一家と喧嘩沙汰になったりして大事になる恐れもあった。

(用心棒を雇うに何日かかるか)

錬蔵は、行徳一家の立場になって考えてみた。

今夜のうちか明早朝、伝令役の子分が行徳へ発つ。

明日から用心棒捜しを始める。行徳界隈《かいわい》の剣術の道場を伝手《つて》を頼って片っ端から当たっていく。

(一日ではすむまい。早くて二日。いや、それ以上、四日はかかるかもしれぬ)

二つ返事で引き受けるところに、ろくな道場はあるまい。食い詰めて、さも腕が立つように言いふらし、いざ斬り合いとなると、いつの間にか逃げ出している輩《やから》も多い、と聞く。深川に新手として送り込むには、それなりの剣の使い手でないかぎり役に立たないからだ。

(が、腕が立っても悪知恵の働く用心棒は雇うまい。万造がそうだったように、取って代わられる恐れが生じるからだ)

となると、目にかなった用心棒を十人揃《そろ》えるのは、そう簡単にできることとはおもえなかった。

(まずは、手配がつき次第、ふたり、三人と五月雨《さみだれ》のように送り込んでくると考えるべきであろう)

ひとつの剣術道場を丸抱えするか、用心棒を一本釣りして切れ目なく送り込んでくるか、どちらにしても、

(明日、明後日の行徳一家の動きをみれば、いずれの手をとるか、読める)

そう錬蔵は判じていた。

動きを止めれば、少しずつ新手を送り込んでくる。何が何でも多人数を、と決めたのなら動きは変えぬと、錬蔵はみていた。行徳の万造は、これ以上、子分の数を減らしたくないはずなのだ。

(いずれにしても、このまま手をこまねいているわけにはいかぬ)

行徳にある行徳一家のことを、である。

うむ、と錬蔵は首を捻った。

江戸北町奉行所の与力であり深川大番屋支配の錬蔵が、表だって動くわけにはいかなかった。

(どうしたものか)

深川の行徳一家と行徳にある本家ともいうべき行徳一家。そのいずれも壊滅させねば悪の根源を絶つことは出来ぬと、錬蔵は考えていた。

思案の淵に錬蔵は沈み込んでいった。

翌日、石置場から佃町、入船町と見廻る溝口ら同心たちは一様に首を傾げた。行徳一家の子分たちの姿が町のどこにも見受けられなかったからだ。

一方、錬蔵はひとりで深川の町々を見廻っていた。

馬場通りを抜け、木場の貯木池に突き当たり、左へ折れて三十三間堂町から十五間川沿いにすすむ。

富岡橋を境に油《あぶら》堀と名を変える十五間川からつながる川沿いに千鳥《ちどり》橋、下ノ橋と過ぎて大川沿いに右へ曲がった。仙台《せんだい》堀に架かる上ノ橋の手前を、さらに右へ折れて河岸道を貯木池に向かう。

亀久《かめひさ》橋を渡って右へ曲がり、川沿いに横川を目指した。横川に突き当たって左へ行き福島橋、正覚寺《しょうかくじ》橋と渡って新高《しんたか》橋の手前を左へ行くと小名木川沿いの道となる。

その河岸道を大川へ向かい、大川の岸辺に建つ御舟蔵を左へ曲がる、という道筋を、繰り返し歩きつづけた。

いつもならぶらついている行徳一家の子分たちの姿はどこにもなかった。

櫓下一家や他の組の子分たちが町のあちこちに目立たぬように屯《たむろ》している。見張りでもしているつもりであろうか。

河水の藤右衛門配下の男衆の姿も、あちこちで見受けられた。道行く人々にさりげなく探る目を注いでいる。とくに遊び人風の男には露骨に警戒の視線を向けていた。足抜き屋の探索に駆り出されているのであろう。

通りには冬の陽《ひ》が柔らかく降りそそいでいた。土埃《つちぼこり》を舞い上げて吹き荒《すさ》ぶ木枯しが、きまぐれな風の息を吐いて通り過ぎていく。凍えるような風が頬を打った。男衆のなかには震《ふる》えながら張り番をしている者もいる。

（風さえなければ、暖かい一日だろうに）

足を止めて錬蔵は空を仰《あお》いだ。

櫓下一家や他の一家の子分たちの動きが、錬蔵は気になっていた。

（行徳一家の動きに過敏になりすぎている）

その結果、わずかな諍《いさか》いがもとで、いままで深川の縄張りを話し合いで取り仕切ってきた一家同士が喧嘩沙汰を起こしかねない、と危惧《きぐ》したのだった。

見廻りの間に安次郎と出くわすことはなかった。安次郎は政吉や富造とともに足抜き屋と逃がし屋を追っている。

「猪之吉は逃がし屋に詳しいようだ、仕事料まで知っていた。それとなく政吉たちに探りを入れてくれ」

と安次郎に命じてある。一緒に見廻りながら政吉たちに聞き込みをかけてくるはずだった。

（たんに猪之吉は噂に詳しいだけかもしれない。が、たしかめる必要はある）

そう錬蔵は判じていた。

七つ（午後四時）を入江町の時の鐘が告げている。同心たちが深川大番屋へ引き上げてくる刻限であった。

行徳一家の動きを知るためには復申を聞くべきであった。錬蔵は、鞘番所へ向かうべく足を速めた。

用部屋へもどった錬蔵を四人の同心たちが居並んで待ち受けていた。

首を傾げながら松倉がいった。

「朝から五回ほど見廻ったのでござるが、不思議なことに行徳一家の子分たちの影も形も見えません」

いつになく慎重な物言いで溝口が口をはさんだ。

「いままでの行徳一家の動きからみて、われらの厳しい取り締まりに恐れをなしたとは、とてもおもえませぬ。何か企みがあるのではないでしょうか」

目を向け錬蔵が問うた。

「小幡、洲崎の岸に引き上げて舫《もや》ってある行徳一家の船が動いた気配はないか」

「ありませぬ。松倉さんと共に見廻りのたびにあらためましたが、運び出した跡《あと》どころか近寄った足跡すら残っていませんでした」

「そうか。動いた気配がないか」

「いつもなら二十間川の河岸道で木刀の打ち合いなどをやっているのですが、今日は、表戸を閉め、ひっそりと静まりかえって人の気配さえ感じられません。息を潜めているとしかおもえませぬ。われらの出方待ちといったところではないでしょうか」

問いかけた八木に錬蔵が応えた。

「新手が来るのを待っているのかもしれぬな」

「新手が」

度肝《どぎも》を抜かれたのか八木が息を呑んだ。

松倉たちが顔を見合わせる。面《おもて》に困惑が浮き出ていた。

四人の動揺に気づかぬ風を装い錬蔵が告げた。

「様子をみるしかなかろう。このまま見廻りをつづける。いまとり得る手立ては、それしかない」

四人が無言で顎を引いた。

同心たちが用部屋から引き上げた後、錬蔵は立ち上がり、刀架に架けた大刀を手に取った。

このまま見廻りをつづけるだけで刻《とき》を過ごすつもりはなかった。

(出てこぬのなら誘い出すまでのこと)

そう腹を決めて、夜中の見廻りに出るべく大小を腰に帯びたのだった。

鞘番所を出た錬蔵は、ゆっくりと歩きだした。

短い冬の陽は、すでにその姿を山陰に落とし、西空にわずかに茜《あかね》色の残映を留めている。

深川の岡場所に明かりが点《とも》っているのか、空のあちこちで、見えるか見えぬかの淡い光が陽炎《かげろう》のように揺れていた。

二十間川から三味線や太鼓の音を響かせた屋形船が大川へ漕ぎ出て行く。

陽が沈み夜の帳《とばり》が町々に下りたときが、深川の岡場所が目覚める頃合いであった。

息づきだした深川の遊里へ向かって錬蔵は悠然と歩をすすめた。

三

大川沿いにやって来た錬蔵は右手にある永代橋を過ぎて佐賀《さが》町の御舟蔵にさしかかった。さらに相川町、熊井町と行き枝《えだ》川に架かる巽《たつみ》橋を渡る。中島《なかしま》町から大島橋とすみ大島町に入った。一つ目の丁字《ていじ》路を右へ曲がると大島川へ出る。架けられた平助橋を渡ると越中島に突き当たり、左へ曲がると石置場であった。

〈夜になると深川大番屋の同心たちの見廻りはない〉

と判じた行徳一家の子分たちが外へ出ているかもしれない、と推量しての錬蔵の見廻りであった。

〈子分の誰かが物陰に潜んでいて、おれの姿を見つけだしてくれればありがたい〉

とのおもいが強い。

〈ひとりで動く〉

と決めたときから、

〈わが身を囮《おとり》とする。命を惜しまぬ〉

との覚悟はできていた。

石場の遊里も、佃町の岡場所〈鶩《あひる》〉も、いつもとかわらぬ賑わいをみせている。行徳一家も遊びに来る男たちの増える夜になると、あくどい動きは控えているようだった。行徳で女郎屋稼業をやっているだけあって商いのやり方だけは心得ているとみえる。

秋葉《あきば》大権現の鳥居を過ぎ白河《しらかわ》藩下屋敷の前を通りすぎた。

白河藩主の松平越中守定信《さだのぶ》には一時期、将軍職を継ぐのではないかとの噂があった。八代将軍徳川吉宗《よしむね》の孫にあたり、幼い頃から頭脳明晰《めいせき》との評判が高かったからだ。が、すでに白河藩の藩主となっていたこともあり、将軍職を継ぐ話はいつのまにか消滅していた。

将軍職を継げなかった悔しさがあるのか松平越中守は、

〈賄《まいない》づけの金権政治〉

との悪評が絶えない老中、田沼意次《たぬまおきつぐ》の政策に反発し、事ある毎に異議を唱え、敵対しているとの風聞が錬蔵の耳にも入っている。

(しょせん雲の上のことなのだ)

とのおもいが強い。

商い重視の田沼の政策は多数の豪商を生み出し、吉原《よしわら》や深川の岡場所などに、かつ

てないほどの賑わいをもたらした。その賑わいは華美な出で立ちなど身分不相応な贅沢と、

〈何とかならあな〉

との浮かれきった気分を生み出していた。

が、

（貧富の差は日に日に大きくなっている）

と錬蔵は感じていた。町中を見廻ることを務めとする町奉行所の与力、深川大番屋の支配だからこそ、わかり得ることといってもいい。

相次ぐ飢饉で故郷を捨てた無宿人たちの数はみるみるうちに膨《ふく》らんできて、江戸の町のあちこちに見受けられるようになっている。

無宿人による、ひったくりなどの事件が日常茶飯事のように起きていた。

（幕閣の重臣たちは、今日喰う米、いや、腹をすかして飢え死にしそうな貧民たちの暮らしなど、覗き見ようとも、おもうまい）

政《まつりごと》とは、しょせん豊かな暮らしをつづけている者たちの権益を守るためのものにすぎぬ。それが錬蔵の偽らざる幕政へのおもいであった。

貧しさのなかで懸命に働き、日々の糧《かて》を得ている漁師など堅気の者たちからも〈み

かじめ料〉を取ろうとする行徳一家には、

（人のこころを持たぬ輩《やから》。許さぬ）

との強い怒りを抱いていた。

多くの科人《とがにん》を捕らえてきた錬蔵であった。が、此度の行徳一家ほど、あくどい手口で仕掛けてくる輩はめったにいなかった。それも、

（一家がひとつになって悪を為している。何の躊躇《ためら》いもない、根っからの兇徒）

と断じざるを得ないのだった。

入船町にさしかかった錬蔵は背後に人の気配を感じた。

闇のなかから湧いて出たような気配だった。

その気配は土手の下から這《は》い上がってくる。

そのとき……。

迸《ほとばし》り出た、ひとつの事柄が錬蔵をとらえた。

（舟だ。行徳一家の子分たちは舟で大島川から二十間川を往き来して、同心たちの様子を探っていたに相違ない）

逃がし屋と行徳一家のつながりは相変わらず強い、とみるべきであった。

歩きながら錬蔵は刀の鯉口《こいぐち》を切った。

（後ろ、土手……合わせて三つ）

胸中で気配を数え終えたとき、背後から殺気が浴びせられ大刀の鞘走る音が聞こえた。振り返り様に錬蔵も大刀を抜きはなっていた。鋼《はがね》のぶつかりあう鈍い音が響き、夜の闇のなかに火花が飛び散った。

刀をぶつけあうや錬蔵は、斬りかかってきた相手の脇を走り抜けていた。

向き直った錬蔵と対峙《たいじ》して浪人が刀を構えている。

前方の暗がりにも刺客の気配を感じ取っていた錬蔵は、振り返って斬り合ったときに必ず仕掛けられるであろう背中への攻撃を避けるべく、後ろの敵が斬りつけた刀に、渾身《こんしん》の力をこめておのれの大刀を叩きつけた。その衝撃に耐えかねて生じた、敵のわずかな隙《すき》をついて体を入れ替えたのだった。

右手は白河藩下屋敷の塀であった。後ろからの刺客に振り向いて対応した錬蔵に、前方に潜んでいた浪人が襲いかかる。同時に土手に身を置いていた刺客が半円をつくるように逃げ道を塞《ふさ》いで、塀を背にした錬蔵に三人同時に斬りかかる。それが三人でひとりを襲うときの、最も確実に相手を仕留める方策であった。

が、その必殺陣は、すでに破られていた。錬蔵は、誰が斬りかかってきてもひとりずつ相手にして倒していく、三人一緒に襲ってくれば後ろへ逃れる、と決めていた。

〈浪人たちは、いずれも目録以上。皆伝には、わずかに足らず、といったところか〉

剣の業前を錬蔵は、そう、みていた。

背後には深川七場所のひとつ〈鶩〉が位置している。三人の浪人たちが、

〈錬蔵を必ず仕留める〉

と行徳の万造や浦瀬の鎌五郎たちに豪語して出てきたことは、浴びせかけられる殺気の凄まじさからも想像できた。

〈ひとりでも倒せば行徳一家の力を削《そ》ぐことになる〉

が、あえて、

〈無理して戦うことはない。遊客で賑わう鶩に向かって走れば人目もある。深追いしてくることはあるまい〉

と判じてもいた。

その気持が錬蔵に余裕をもたらしていた。微かな笑みさえ浮かべている。その不敵さが浪人たちの焦りを招いた。

裂帛《れっぱく》の気合いを発して土手側に立つ浪人が右八双に構えて斬りかかってきた。わずかに身を躱《かわ》した錬蔵が左袈裟《けさ》懸《が》けに大刀を振るった。

刹那……。

浪人の右腕が握りしめた刀ごと切り落とされていた。地に落ちた腕を追うように倒れ込んだ浪人が激痛に呻いてのたうった。

「面倒だ。ふたり一緒に来い。ただし、ふたり相手では情けをかける余裕はない。腕だけではすまぬかもしれぬぞ」

じりっと半歩、錬蔵が間合いを詰めた。

残るふたりが顔を見合わせた。

さらに半歩、錬蔵が迫った。

浪人たちの我慢も、それまでだった。

塀際にいた浪人が横に飛んだ。残る浪人も逆側に身を翻《ひるがえ》した。浪人たちの予想外の動きに錬蔵は土手を背に身を置いて正眼に構えた。

が、浪人たちは錬蔵には見向きもしなかった。最初に飛んだ浪人が腕を切り落とされた浪人の胸元に切っ先を突き立てた。

「しまった。止めを刺すための動きか」

片腕で虚空を摑んで浪人が断末魔《だんまつま》の呻きを漏らした。

ふたりの浪人の動きは素早かった。後方へ飛び下がるや錬蔵に背中を向け、脱兎《だっと》の如く逃げ走っていく。

闇の中に浪人たちの姿が消え去って行くのを見届けた錬蔵は、断末魔の形相《ぎょうそう》凄まじく横たわる浪人に目を落とした。

凝然と見つめる。

迷いが錬蔵にあった。

このまま放置しておくか。それとも、自身番の番太郎に命じて片付けさせるか。思案が定まらなかったからだ。

浪人の死骸から目をそらした錬蔵は手にした大刀を鞘におさめた。

同心たちが見廻るときに骸《むくろ》が転がっていれば片付けさせる。誰かが見つけて自身番へ届け出て番太郎が片付けるのなら、それでもよい、と断じていた。

(今一度、誘ってみるか)

前方の闇を見据えた錬蔵は行徳一家へ向かって悠然とした足取りですすんでいった。

鞘番所へもどる道すがら、錬蔵は不意打ちを仕掛けてきた浪人たちのことを考えていた。

見たことのない顔だった。錬蔵は行徳一家の子分たちすべてを見知っているわけではない。

浪人たちは行徳一家の息のかかったものではないかもしれない。幾多の科人を捕らえ仕置きの場へ送り込んできた錬蔵である。恨みを抱いている輩は、それこそ星の数ほどいるはずであった。

が、何故か、浪人たちは行徳一家が差し向けた刺客に違いない、との確信があった。浪人たちが逃げ去った方角に行徳一家の建家《たてや》があるからではない。

浪人たちの発する気が、

〈殺しに慣れた者たち〉

と感じさせたのだ。長年の探索で培《つちか》ってきた錬蔵の、膚《はだ》で受け止めた触感とでもいうべきものであろうか。

——用心棒を新たに雇った
と行徳の居酒屋で行徳一家の子分が話していたのを前原が耳にはさんでいる。

(その奴らかもしれぬ)

だとすれば、錬蔵たちに気づかれぬように行徳から新手を送り込んできたことになる。

渡し船に乗って行徳から江戸にやってきたのかもしれない。逃がし屋が暗躍したとも考えられた。

行徳で探索をつづけているであろう前原と猪之吉に錬蔵はおもいを馳《は》せた。

（ふたりの復申のなかみで向後の手立てが変わってくる）

行徳から新手が送り込まれてくる有り様はどこかで断ち切らなければならなかった。

その手立てを探って錬蔵は思案をめぐらした。

いい案は浮かばなかった。

が、諦めるわけにはいかなかった。

まさしく思案投げ首の体《てい》であった。

が、あくまで錬蔵は考えることをやめなかった。

錬蔵は思案しつづけた。

翌日、明六つ（午前六時）、二十間川沿いの河岸道に放置してきた浪人の死骸が妙に気にかかった錬蔵は、骸の始末をさせるべく小者を向かわせた。

一刻（二時間）ほど後、用部屋へ小者が現れた。狐につままれたような顔をしている。

「どうした」

問いかけた錬蔵に小者が、

「御支配がいわれた場所には浪人の骸も、切り落とされた片腕も見当たりませんでした」

と首を傾げた。

「近くの自身番に骸が移されていたのではないのか」

「念を入れて自身番を四ヶ所まわりましたが、骸はおろか、死体が転がっていると届け出た者もいない、ということでした」

半ば予測していたことであった。行徳一家が差し向けた刺客であれば必ず跡形もなく片付けているはずであった。

さらに錬蔵は問うた。

「河岸道に血の跡は見えなかったか。腕を一本落とされたのだ。しかも心の臓を一突きされている。かなりの血が流れ出たはずだ」

「それが、何の跡形も残っておりませんでした」

「そうか。御苦労だった」

頭を下げて小者が引き上げていった。

（やはり行徳一家の差し向けた刺客だったのだ）

推測は確信に変わっていた。

（少しずつ新手を送り込む策をとっているのだ）

とのおもいが深まっている。

（新手の数が増えれば厄介なことになる。手に負えない事態に陥るかもしれぬ）

一刻も早く手を打つべきであった。

（前原たちの帰りを待っていては手遅れになるかもしれぬ）

そう考えて錬蔵は立ち上がった。安次郎は牢に入れた行徳一家の者たちの様子をあらためにいっている。

（安次郎に前原たちを迎えに行かせる）

刀架に架けた大刀に錬蔵は手を伸ばした。

話を聞いた安次郎は、

「旦那、河水の親方に舟を出してもらいやしょう。そうすれば行徳に行って前原さんたちを見つけ出し、今日のうちにもどってこられます。足抜き屋の探索もおもうようにすすんでねえし、前原さんや猪之吉の調べ上げたことを少しでも早く聞きたい、というのがほんとのところで」

　といいだした。

　ここ数日、錬蔵は行徳にある行徳一家を壊滅させるための手立てを思案しつづけていた。何度も堂々巡りし、

（やはり、この手しかない）

　とたどりついた奇策があった。

　その奇策を実行に移すには河水の藤右衛門の力を借りるしかなかった。

（深川を守るためだ。手段は選ばぬ）

　と腹を括《くく》るための時間が錬蔵には必要だったのだ。

「夜の遅い稼業の藤右衛門の眠りを妨げることになるが仕方あるまい。すぐにも出かけよう」

「早いほうがようござんす。河水の親方も何の文句も仰有《おつしや》りますまい。支度をしてまいりやす」

「表門の門番所で待っている」

　浅く腰を屈めた安次郎に錬蔵が告げた。

一刻（二時間）後、錬蔵と藤右衛門は河水楼の帳場の奥の座敷で向かい合っていた。

住まいにいた藤右衛門を店に住み込んでいる政吉が迎えに行き、河水楼まで連れてきたのだった。安次郎と政吉が座敷の一隅に控えている。

「何事か起こりましたか」

昨夜、なりを潜めた行徳一家に誘い水をかけるべく錬蔵が単身、石置場、佃町、入船町と見廻りに出かけたこと、白河藩下屋敷にさしかかったところで舟に乗って近くまで来たとおもわれる浪人三人に襲われたこと、そのうちのひとりの片腕を切り落としたが、残る二人のうちのひとりが口封じのため激痛にのたうつ浪人に止めをさし逃げ去ったこと、今朝方、小者に浪人の骸を始末に向かわせたが骸どころか地に染みついているはずの血の跡まで消されていたことなどを、かいつまんで話して聞かせた。

刺客に錬蔵が襲われたことをはじめて聞かされた安次郎は、

「旦那、よくもまあ無傷で。いくら剣の使い手だといっても万が一ってこともありやす。無茶しねえでくださいよ」

と真顔で心配した。

話を聞き終わった藤右衛門は、

「骸だけではなく斬り合った痕跡まで消し去るとは行徳一家の仕業に間違いありませぬ。浪人は新たに行徳から送り込まれた者でしょう。一気に新手が増えつづけたら、行徳一家は手に負えないものになりましょうな」

「が、打つ手はない。おれは深川大番屋詰めの北町奉行所与力。江戸の町だけが、おれの力の及ぶところだ。おれが表立って行徳へ乗り込んだら宿場役人との間に軋轢《あつれき》が生じるだけだ」

「そうでしょうな。それと、今、大滝さまが、たとえ一日といえども深川を離れるようなことがありましたら、それこそ行徳一家の思う壺。やりたい放題、好き勝手に暴れまくることでございましょうよ」

「策がひとつだけ、ある」

「差し支えなくば、その策、お聞かせ願えませぬか」

「櫓下の綱五郎一家に、行徳の、本家ともいうべき行徳一家に殴り込みをかけてもらうのだ」

「やくざ同士の喧嘩なら、よくあること。ましてや深川から足抜きさせた遊女でも行徳にいれば、取り戻しに深川のやくざが乗り込んだとの、喧嘩の大義名分も立ちますな」

「すぐにも仕掛かりたいのだが」

「櫓下の綱五郎を呼びましょう。二つ返事で喧嘩へ出向くことでしょうよ」

顔を向けて藤右衛門が告げた。

「政吉、櫓下の親分を連れてきてくれ。大滝さまがおいでになっている、親分の出番が来たようで、といえば、押っ取り刀で飛び出してくるはずだ」

「わかりやした」

大きく顎を引いて政吉が立ち上がった

再び錬蔵を見つめて藤右衛門がいった。

「差し出がましいようですが竹屋の親分には、深川に残っていただきやす。前原さんには、先乗りさせる政吉と富造に出会ったところで、どちらかと一緒に深川にもどってきてもらいやす。政吉も富造も船頭の腕はたしか。深川と行徳を往き来するくらい朝飯前のことでございます」

「いつ殴り込みをかける？」

「今日のうちに。綱五郎とわたしのところの男衆の支度がととのい次第、陽が落ちた頃合いを見計らって出かけさせます。夜には行徳に乗り込み、行徳一家に殴り込みをかけるという腹づもりでおります」

「藤右衛門のところの男衆まで巻き込むことになるとは、すまぬことだ」

「大滝さま、岡場所の茶屋の主人も茶屋で働く男たちも御法度の埒外にいる者。無法のなかで棲《す》み暮らすは、やくざも岡場所を日々のたつきの糧とする者も、しょせんは同じ穴の狢《むじな》でございますよ。ましてや、深川を兇徒から守るためのこと、一働きも二働きもせねば『この地で身過ぎ世過ぎを為している者が手をこまねいているは許さぬ』と富岡八幡宮の怒りを買い神罰がくだりかねませぬ。河水の藤右衛門は深川生まれの深川育ち。生粋《きっすい》の深川の男でございまする」

　穏やかな笑みを浮かべた。

「力足らずを笑ってくれ」

「何を仰有います。大滝さまは、この深川を守ろう、深川に馴染もうとなさってくださる、はじめての深川大番屋の御支配。微力ながら河水の藤右衛門、大滝さまと馴染みを深め、深川の平穏を守り抜くと覚悟を決めております」

「藤右衛門」

「大滝さま、櫓下の綱五郎が参りましたら御指図のほど、よろしくお願いいたします」

膝に手を置き姿勢をただして頭を下げた。

暮六つ（午後六時）を告げる時の鐘が鳴っている。哭《な》いているかのような風に遮られて鐘の音はさだかには聞こえなかった。

石場一家の賭場近くの浜辺から、櫓下の綱五郎と子分たち十六人、藤右衛門の男衆十五人の総勢三十一人が漁舟三艘に分乗し行徳へ向かって漕ぎ出していった。藤右衛門が網元に掛け合って手配したものだった。櫓《ろ》を操るのは政吉から話を聞き、

「役に立ちてえ」

と網元に申し入れ許された、行徳一家に手酷い目にあわされた島造ら漁師たちであった。

政吉と富造は舟を操り、昼前に行徳へ向かっていた。

目立たぬようにひとり、ふたりと洲崎の浜へやって来た櫓下の綱五郎や子分たち、藤右衛門の男衆を乗せた漁舟が、江戸湾の沖へ漕ぎ出て行く。

海辺に立って見送る男たちがいた。錬蔵に藤右衛門、安次郎の三人であった。

漁舟が夜の海を覆《おお》った闇のなかへ吸い込まれ消え去っても、三人は立ち尽くしていた。

夜目にも白く、波頭が海のあちこちで頭をもたげている。風が強かった。おそらく漁舟は木の葉のように揉まれ、大きく揺れているであろう。

船旅の無事を祈って、三人は海原を凝然と見据えつづけていた。

四

河水楼の帳場の奥の座敷に、前原と政吉が座していた。声をかけた錬蔵が上座に坐る。斜め横に藤右衛門、政吉たちとならぶように安次郎が位置した。

「早かったな」

「行徳の様子はどうだ」

問うた錬蔵に前原が応えた。

「さすが猪之吉、深川から足抜きした女たちの顔は見知っておりました。行徳一家の息のかかった女郎屋を片っ端から覗いて三人、見つけ出しました」

横から藤右衛門が口を挟んだ。

「三人も、見つけましたか。足抜き屋も行徳一家と腹を合わせている。その証と考えるべきでしょうな、大滝さま」

「まず間違いあるまい。深川で暗躍する足抜き屋のあたりはついたか」

問われた前原が錬蔵に、

「そこまでは。目当てをつけるには、もう少し刻《とき》が必要だ、と話し合っていたところへ政吉と富造がやってきたという次第で」

「おもっていたより早く猪之吉と出会えたな。二、三日はかかるとおもっていたが」

正直な錬蔵のおもいであった。

「猪之吉兄哥《あにい》と段取りをしてあったんで。万が一にも行徳で落ち合う仕儀に至るかもしれねえ。そのときのために、泊まっている旅籠《はたご》の、通りに面した二階の廊下の手すりに猪が描かれた手拭いをかけておく、と出際に言い出しまして」

応えた政吉に藤右衛門が、

「猪之吉らしいな。猪を描いた手拭いは猪之吉が特別あつらえで、身銭を切ってつくったもの。いつもながらの用意周到さだ」

「話を聞いたときは、行徳にいくことはあるまい、とおもっていやしたが、こうなってみると、さすがに猪之吉兄哥だ、心配りが違う、と行徳へ向かって櫓を操りながら富造とふたりで感心しておりやした」

脳裏に猪之吉の顔を思い浮かべて、

〈見かけによらぬ〉

　と錬蔵も舌を巻いていた。藤右衛門に問うた。

「岡場所の料理茶屋の男衆を束ねる者は、すべて猪之吉のような細かい気配りをするのか」

「猪之吉は、特別でございます。重宝しております」

　そのことばから藤右衛門が、いかに猪之吉を信頼しているかがわかった。

　遠慮がちに政吉がいいだした。

「大滝さま、前原さんと相談したら、そのこと、すぐにも御支配の耳に入れておいた方がよかろう、ということになりやして」

「何か、あったのか」

　目を向けた錬蔵に、

「実はお紋姐《ねえ》さんのことで」

「お紋が、どうかしたのか」

「へい。『足抜き屋の調べはどうなってるか』としつこくお聞きなさるんで、『はかばかしくない』と応えると『わたしに出来ることはないのかね』と言い出されて」

「動き出したのか」

「そうなんで。『金に困ってるんでお紋が足抜きをしたがっている』との噂を、姐さんのいうことなら何でもきく男芸者にあちこちで喋らせて」

派手に舌を鳴らして安次郎がいった。

「やめろ、とあれほど口を酸っぱくしていったのに、しようがねえなあ、お紋の奴」

ちらり、安次郎に視線を走らせて政吉がつづけた。

「あっしも止めたんですが。『あたしゃ君奴ちゃんの仇討ちの手伝いをしたいんだよ』と睨みつけられて、それで、そのままにしちまったんで」

「お紋が、囮役を買って出て動きまわっているというのだな。いつからだ」

問いかけた錬蔵に政吉が応えた。

「四日ほど前からで」

「それで足抜き屋から、何らかのつなぎがあったのだな」

「行徳に行く前の日の夜、お座敷へいくお紋姐さんと馬場通りでばったり出会いやして。〈近いうちに会って話がしたい。お望みの件、手伝うことができる者　足〉と書かれた文が住まいの表戸に挟み込んであったということでして」

おもわず安次郎が声を上げた。

「どうしようもねえなあ。いくとこまでいっちまった、ってことかい。こうなったら、とことん、やらせるしかねえんじゃねえですかい」

顔を向けた安次郎に錬蔵は、うむ、とうなずいて黙り込んだ。

安次郎のいう通りかもしれない。

（お紋の気性からいって、止め立てしてもいうことを聞くまい）

とのおもいが錬蔵に生まれていた。

（お紋はそばにいて君奴の苦しみを、じっと見守りつづけていたのだ）

人から嫌われることの多かった君奴のこころの奥底に潜んでいた優しさを、お紋だけが感じ取っていたのだろう。そう錬蔵は判じていた。

（君奴のことをわかろうとしない世間にお紋は無性に腹を立てているのだ）

そう気づいたとき、錬蔵は、

（囮となって動く。それがお紋の望みなら、それもよかろう）

と腹を決めた。

どこの誰が足抜き屋なのか突き止めるには、今とり得る最もたしかな手立てだ、ともおもえた。

目を向けて錬蔵が告げた。

「安次郎、おまえのいう通りだ。お紋には、このまま囮として動きつづけてもらおう。陰ながら見張りをつけて誰がお紋に近づいて来るか、逐一、あらためねばなるまい」

それまで黙然と座していた前原が、

「お俊に見張らせたら、どうでしょうか。女は女同士、男が入っていけないところも女ならついていけます」

「しかし、そいつは、ちょっと……」

まずいんじゃねえか、といいかけたことばを呑み込んで安次郎が、ちらり、と錬蔵を見やった。

お俊が錬蔵に、いまだに恋心を抱いていることを安次郎は知っていた。お俊とお紋は、いわば恋敵の間柄ということになる。

が、あからさまにそのことを口にするのははばかられた。錬蔵がそのことに気づいている、とはとてもおもえなかった。揺れ動く女のこころの襞《ひだ》など察しうる錬蔵ではなかった。

安次郎は黙り込んで錬蔵の返答を待った。

「お俊に、な」

うむ、と顎を引いて錬蔵がつづけた。

「それがいいかもしれぬ。男では、わからぬこともある。お俊に動いてもらおう」

胸中で安次郎は、

(こいつはまずいことになっちまった。お紋とお俊が力を合わせる。そんなことが出来るはずがねえ)

どうしたものか、と安次郎はおもわず首を傾げた。

鞘番所へもどった錬蔵は門番に、

「お俊に、おれの用部屋へ来るようにつたえてくれ」

といって前原、安次郎とともに用部屋へ入った。

まもなく、やってきたお俊に、

「お紋に足抜き屋がつなぎをつけてきた。やり方はお俊にまかせる。お紋を見張って、何かあったら知らせに走るのだ」

「あたしが、お紋さんの見張りを」

ちらり、と安次郎に走らせた視線に棘《とげ》があった。応えた声音が硬い。

「安次郎、お俊にお紋の住まいと出入りすることの多い茶屋を教えてやれ。それと河水の藤右衛門と政吉に引き合わせてやってくれ。鞘番所に走るより政吉や河水楼の男衆に鞘番所へのつなぎを頼むほうが動きやすいときもあるはずだ」

「わかりやした。どうだい、お俊、いまからでも動けるかい」

「聞くだけ野暮だよ。大滝の旦那の務めを手伝いたくて、うずうずしてたんだ。どこへでもいくよ」

お俊は腰を浮かせた。

「お俊、手伝うのは鞘番所の探索だ。大滝の旦那の手伝いじゃねえぜ。そこんとこを弁《わきま》えてくんな」

釘を刺したつもりの安次郎にお俊が返した。

「細かいことはいいっこなしだよ。どっちだって、いいじゃないか。鞘番所の御支配は大滝の旦那なんだから」

「相変わらず口だけは達者だな。その口ほどに止処《とめど》なくお務めがすすむと嬉しいんだが」

「竹屋の親分、お喋りが長すぎるんじゃないのかい。さっさと出かけないと日付が変わっちまうよ」

立ち上がったお俊に、

「毒舌で鳴らした男芸者、竹屋の太夫も形無しだぜ。へいへい。せいぜいお付き合いさせていただきやすよ」

よっこらしょ、と安次郎は腰を上げた。

お紋の住まいは入船町の木置場近くにあった。瀟洒《しょうしゃ》な造りの平屋だった。板塀で囲まれた庭の一角から椿の枝が突き出ている。枝のあちこちに、夜の闇のなかでも華やかさを忘れぬ深紅《しんく》の花が咲き誇っていた。

立ち止まったお俊がしげしげとお紋の住まいを眺めていった。

「さすがに、つねに板頭《いたがしら》に名をつらねる売れっ子芸者の住まいだね。住み心地のよさそうな建家だ」

肩をならべて立つ安次郎が、

「次は河水楼だ。政吉はいるとおもうが藤右衛門親方は出かけているかもしれねえ。今夜のうちに会っておいたほうがいい。待つことになるぜ」

「あいよ。ところでさ」

歩きだした安次郎に半歩遅れてつづいたお俊が、

「何でえ」

「あたしは夜昼ぶっ通しでお紋さんを見張るのかい。この寒空だ。住まいの前に立ちっぱなしってこともあるんだろうねえ」

心細げな声を出したお俊を安次郎が見返った。

「見張るのは昼間から夜にかけてさ。朝はおれが代わってもいいぜ」

「やるよ。みんな忙しいのはわかってるからね。あたしだけが楽するわけにはいかないよ」

そういってお俊は微笑んでみせた。

いつも気を張って生きてきたお俊の過去を知る安次郎に、不意に哀れむこころが湧いた。

「お俊、辛けりゃ遠慮なくいいな。おれでよけりゃ手を貸すぜ」

「頼りにしてるよ、竹屋の太夫」

揶揄《やゆ》する口調でお俊が応えた。

「そんな軽口を叩けるようじゃ、持ち前の強気は衰えちゃいねえようだな。扱《しご》きがいがあるってもんだぜ」

にやり、として安次郎がいった。

用部屋で錬蔵は前原と向かい合っていた。

行徳における前原の探索の復申は、すでに一度受けている。が、なかみを錬蔵なりに読み解いたら、新たに知りたいことが出てきた。それで前原に再度、用部屋へ足を運んでもらったのだった。

「用心棒探しに行徳一家の兄貴格数人が近郊を走りまわっているというのだな」

「如何様。一家には代貸格の荒波の修次郎と三下が数人、二日ほど前に雇われた五人の用心棒しかおらぬはずです」

「ならば櫓下の綱五郎率いる櫓下一家と猪之吉を頭格とする河水の藤右衛門手下の男衆、合わせて三十三人の殴り込みは、まずしくじることはあるまい」

「荒波の修次郎は代貸格ではありますが、親分の行徳の万造、代貸の浦瀬の鎌五郎ともども流派は定かではありませぬ。が、皆伝の剣の使い手と聞いております。赤鳥居の宗三は目録どまりで、三人にくらべて腕が落ちるとのこと。しかしながら宗三と修次郎が同じ代貸格で処遇されているのは、宗三は万造、鎌五郎とつるんで用心棒稼業をつづけていたため、修次郎は万造が親分となってから加わった者、それゆえ扱いが軽いのだとの噂を聞き込んでおります。これら四人は、元は浪人だったそうです。修次郎に腕はたしかとおもわれる用心棒が五人。剣の修行を積んだ者ひとりは、度胸ひとつの剣法で多数の修羅場を踏んだやくざ五人に匹敵する、とおもわれます。それゆえ」

「ほぼ互角。死力を尽くした戦いになると申すか」

「如何様。ただ」

「ただ、何だ」

「用心棒は金で雇われた輩。命を惜しみ、戦わずして逃げ出す者も出てくるはず」

「そのことを願うが、おれに出来る唯一つのことか」

四つ（午後十時）はとうに過ぎ去っている。

——行徳一家が眠りに落ちた深更に殴り込む
と櫓下の綱五郎はいっていた。

（その刻は間近い）

行徳にある櫓下の綱五郎や猪之吉の武運を祈って錬蔵は目を閉じた。

（お紋は、どうしているだろう）

移ろうこころを錬蔵は持て余していた。

事態が急転していることだけはたしかであった。

が、錬蔵が、いま為すべき事は、

〈事の成り行きを見つめる〉

一事しかなかった。

（落着につながる機を捉えて一気に勝負をつける。その機を逸すれば行徳一家との勝負は長丁場になる）

と錬蔵はみていた。長引けば、おもうがままに用心棒、子分たちを補うことのできる行徳一家が圧倒的な優位を保つことになる。

（いまは、待つしかない）

知らず知らずのうちに錬蔵は奥歯を噛みしめていた。

五

遊客で賑わう門前仲町の燈火も、深更ともなると、ひとつ、またひとつと消えていき、不夜城ともおもえた岡場所も眠りに就《つ》く刻限に近づきつつあった。

深川芸者の決まりともいうべき黒い羽織をまとったお紋も最後のお座敷を終えて家路についていた。そんなお紋を見え隠れにつけていくお俊の姿があった。

河水の藤右衛門との顔合わせがすみ、政吉から、お紋がお座敷に出ている茶屋がどこか教えられたお俊は、その茶屋〈村雨《むらさめ》〉へ向かうべく河水楼を出た。

河水楼の店先まで送ってきた安次郎が、

「今夜は見張りを付き合ってやるぜ」

と申し出てくれたのを頑《かたく》なに断って出てきたお俊だった。

そんなお俊に安次郎は、

「何かあっても決してひとりで深追いするんじゃねえよ。おれは河水楼に、このままいる。河水楼の大戸がおりていても裏口には寝ずの番の男衆がいて声をかければすぐ開けてくれる。いいかい。無理はいけねえ。異変が起こったらすぐに河水楼へ駆け込むんだ」

といったものだった。いつになく真剣な顔つきだったのをお俊は覚えている。

汐見《しおみ》橋の手前でお紋が足を止め、左に顔を向けた。誰かに声をかけられ立ち止まったようにみえた。三十三間堂の表門の脇に身を隠したお俊は、目を凝らした。

三十三間堂の岡場所へでも稼ぎに出ていたのか髪結いの道具箱を提《さ》げた三十がらみの男が町家の方からお紋に近づいている。

髪結いとおもえる男が浅く腰を屈めて挨拶をしている。はっきりは見えないが、お紋が構えた様子で相手をしているのが、少し離れて見ているお俊にも、よくわかった。顔馴染みとはおもえない、ふたりの有り様だった。はじめて顔を合わせたのかもしれない。

刹那……。

ふたりの一挙手一投足《いっきょしゅいっとうそく》を見逃すまいと見つめるお俊に閃《ひらめ》くものがあった。

（まさか、あの髪結いが足抜き屋）

見るとお紋が、なおも話しかけようとしている髪結いを邪険に振り切って汐見橋を渡っていった。汐見橋の向こうには木置場の闇が広がっている。

見送ったかにみえた髪結いが、突然、身を翻《ひるがえ》してお紋の後を追った。

（襲って拐《かどわ》かすつもりだ）

お俊は無意識のうちに飛び出していた。汐見橋へ向かう。汐見橋を渡りきってお紋の住まいへ向かおうとして、お俊は立ち竦んだ。どこに潜んでいたのか目の前に薄ら笑いを浮かべた髪結いがいた。細面の、役者にしてもいいような目鼻立ちの整った優男《やさおとこ》だった。が、その目に獰猛《どうもう》な獣をおもわせる残忍な光が宿っている。

髪結いの後ろに気を失ったお紋を肩に担いだ遊び人風の男がいた。お紋は当て身でも喰らわされたのだろう。

（捕まってたまるか）

踵を返して走ったお俊に、汐見橋のたもとから忽然と浮き出た黒い影が躍《おど》りかかった。お俊と交錯する。

その瞬間……。

低く呻いてお俊はその場に崩れ落ちていた。

気絶して横たわるお俊を見下ろす男の顔が闇のなかで朧《おぼろ》に浮かび上がった。狐に似た目をしている。赤鳥居の宗三に違いなかった。

「お紋が御支配に熱を上げて鞘番所へ出入りしていることぐらい、ちょいと調べりゃ、すぐにわかることだぜ。てめえに惚れてる芸者を囮に使うなんざ、大滝錬蔵、見かけ倒しの野郎だったぜ」

薄ら笑った宗三が、さらにつづけた。

「つけてきた女もなかなかの上玉だ。お紋ともども行徳の女郎屋へ運び込んで客を取らせるんだ。ふたりとも、たんまり稼いでくれるだろうぜ」

傍らに立つ子分に顎をしゃくった。

「担げ。汐見橋のたもとの岸に猪牙舟が着けてある。猪牙舟に乗せて川筋を行けば一家は目と鼻の先だ」

うなずいた子分が膝をつき、お俊を肩に担ぎ上げた。

「引き上げるぜ」

声をかけて歩きだした宗三に髪結いと、お紋、お俊を担いだ子分、さらに警固の子分ふたりがつづいた。汐見橋のたもとから土手を下りていく。水辺に猪牙舟が一艘、接岸していた。

宗三が髪結い、お紋、お俊を担いだ子分と乗り込んだ。猪牙舟が傾ぐ。つづいて子分ふたりが乗り込んだ。重さに猪牙舟がわずかに沈み込んだ。船頭が棹で岸を突いた。

猪牙舟が川面を滑って汀《みぎわ》から遠ざかった。棹を置いた船頭が櫓を手にした。漕ぎ始める。猪牙舟の舳先に切り裂かれた水面が夜目にも白い波飛沫となって散った。

その猪牙舟を、三十三間堂よりの汐見橋のたもとの土手沿いに身を低くして追う男の姿があった。安次郎だった。

安次郎は端からお俊の後をつけるつもりでいた。お紋の後をお俊、お俊の後を安次郎がつける。ひとりの尾行が気づかれても、ふたりめが尾行をつづける。事の成り行きを決める尾行を仕掛けるときは、錬蔵は、必ずふたり一組となって尾行するよう指示したものだった。

そのことを知る安次郎は、錬蔵が、

「一緒にいって、お俊を藤右衛門や政吉に引き合わせてくれ」

といったことばで、すべてを察していた。あの場で、お俊とは尾行の手立てについて何一つ話し合わなかった。お俊は尾行には慣れていない。下手《へた》に段取りをつたえたら動きがぎこちなくなる恐れがあった。だからこそ錬蔵はお俊に、

「やり方はまかせる」

といったのだ。

永代寺門前東町へつながる入船町の二十間川の土手を這うようにしてすすんでいった安次郎は、二十間川が平野川へつづく川筋と貯木池へつながる堀川の分岐するところで動きを止めた。

向こう岸に元は弁天一家だった行徳一家の建家がみえる。

猪牙舟は行徳一家前の河岸道の岸辺に横付けしていた。宗三が髪結い、お紋、お俊を担いだ子分と岸に降り立った。警固の子分ふたりがつづく。子分たちが降りると猪牙舟は岸辺を離れた。平野川へ向かって漕ぎ去っていく。

お紋とお俊を担いだ子分をはさみこむようにして、ふたりの子分が行徳一家の表戸へ歩み寄った。ひとりが躰を寄せて表戸を叩いている。なかから表戸が開けられた。

全員がなかへ吸い込まれていった。表戸を開けた子分が顔をのぞかせて左右を見渡し表戸を閉めた。

土手に身を隠した安次郎は、その一部始終をしかと見届けていた。

身を低くしたまま後退った安次郎は汐見橋までもどり、通りへ出るや鞘番所へ向かって走りだした。

一刻の猶予もならなかった。

（お紋とお俊の身が危ねえ）

足抜き屋は岡場所をまわって遊女相手に商いする髪結いだった。夜の闇のなかで、はっきりとは見えなかったが安次郎の見知らぬ顔だった。髪結いにも縄張りがある。が、伝手《つて》を頼れば入り込むにむずかしい渡世ではなかった。岡場所へ出入りする馴染みの女衒も、十分に伝手の役回りは果たせるのだ。

（髪結いとは考えもしなかったぜ）

走りながら安次郎は胸中で大きく舌を鳴らしていた。髪結いなら芸者や遊女の髷《まげ》を結いながら、たっぷりと話が出来る。なかには口から先に生まれてきたような噂好きの遊女もいる。髪結いなら、どこの誰が金に困っている、欲しがっている、などの噂を世間話をするようなふりをして聞き出すのも、さほど、むずかしいことではなかったはずなのだ。

髪結いを探索の相手としてみていなかったことを安次郎は悔やんでいた。

（遊女とじっくりと話し合える稼業のひとつに髪結いがある、ともっと早く気づくべきだったのだ）

臍《ほぞ》をかむようなおもいにかられながら安次郎は懸命に走りつづけた。


「お紋とお俊が行徳一家に拐かされた、と申すか」

長屋で安次郎の復申を聞くなり錬蔵は言い放った。

（行徳での櫓下の綱五郎一家と猪之吉率いる河水楼の男衆の行徳一家への殴り込みの結果を聞いてから動く）

と決めていた錬蔵だったが、もはや、それを待つことは許されない有り様に陥っていた。

お紋とお俊が足抜き屋と行徳一家に拐かされたことは明白な事柄だった。すでに行徳一家とかかわる足抜き屋の悪事の証は得られた、と判ずるべきであった。

「前原につたえろ。同心たちを叩き起こし、急ぎ捕物の支度をととのえろ。討ち入る先は行徳一家だ、とつたえさせるのだ」

「すぐにもどってきやす。あっしも支度をしなければなりやせんからね」

不敵な笑いを浮かべた安次郎に、

「支度がととのい次第、河水楼へ走れ。藤右衛門に足抜き屋は新顔の髪結いだとわかった、これより深川大番屋総動員で行徳一家へ攻め込み行徳の万造、浦瀬の鎌五郎、赤鳥居の宗三ら一家の者どもと息のかかった足抜き屋を仕置きにかける所存、とつたえよ」

「河水の親方が討ち入りに助勢する、といわれたら、どうしやす」

「深川の安穏を守るは深川大番屋の務め。まずは、まかせていただきたい。ただし」

「ただし？」

「われら全員斬り死にせしときは、深川の安穏を守るために立ち上がり行徳一家を壊滅してほしい。それと、急ぎ町火消しの手配を頼む、と」

「町火消しを。火をつけなさるんで」

「そうだ。行徳一家に火をつけ、一気に斬り込み、お紋とお俊を助け出す。安次郎、助け出すは、おまえの役向きだぞ」

「わかりやした。まずは前原さんに」

身軽く安次郎は立ち上がった。

深川鞘番所の表門が開かれた。

捕物の支度をととのえた松倉ら同心たちに前原、下っ引きたちが錬蔵を先頭に繰り出していく。総勢は二十名ほどであろうか。新手が加わっているかもしれぬ行徳一家に討ち入るに十分な手勢とは、とても、おもえなかった。安次郎は、すでに河水楼へ向かっている。藤右衛門に事の次第をつたえ火消しの手配を頼んで行徳一家の前で落ち合う、と段取ってあった。

一行は入船町めざして、すすんでいった。

行徳一家の奥の座敷に、後ろ手に縛り上げられたお紋とお俊が横たえられていた。ぴくりともしない。いまだに気絶から覚めていないようだった。

箱火鉢を前に行徳の万造が坐っている。浦瀬の鎌五郎と赤鳥居の宗三が向かい合って座していた。

「匿《かくま》ってくれと逃げ込んできた逃がし屋の丑松の始末はすんだのか」

問いかけた行徳の万造に宗三が応えた。

「正体を知られて役立たずになった逃がし屋の丑松は、丑松の頭の許しをもらって息の根を止めやした。弁天一家の骸を沈めた近くの江戸湾に、特大の重しを括り付けて放り込んでおきやした」

横から鎌五郎がいった。

「抜かりはねえだろうな。手抜きして十五間川に沈めた君奴の死骸が浮いてきたときには驚いたぜ」

「あんときはおれと足抜き屋の七之助《しちのすけ》に三下が三人先乗りしてきて、こそこそ動いていたときで、手が足りなくて大変だったんですよ。君奴め、足抜きに大乗り気だったくせに、突然『足抜きはしない』と騒ぎ出しやがって。正体がばれちゃ厄介なことになると焦りに焦って始末したもんだから、あんなことになっちまって。今度は抜かりはありませんや」

「そう願いたいもんだな。君奴のことがきっかけになって深川鞘番所の連中が乗りだしてきたんだからな」

「鎌五郎兄哥、お手柔らかに頼むよ。このところ小言をいわれっぱなしで、多少、滅入ってるんだ」

「おめえみたいにやんちゃが過ぎる奴は、滅入ったくらいで丁度いいんだ。気をつけな。行徳から送り込んできた腕の立つ用心棒の片腕を、いともあっさりと切り落とした鞘番所の御支配が相手だ。手強いこと、この上なしだぜ」

「ところで鎌五郎。鞘番所支配の闇討ちを請け負った浪人たち、姿が見えねえようだが」

「相手が強すぎるんで臆病風にでも吹かれたんでしょう。片腕を切られた野郎の死骸を片付け終わったら、いつのまにか姿をくらまして、どこにも見当たりませんや」

「かなりの使い手だと期待してたんだが、腕達者のふたりが怖《お》じ気づくほどの腕なんだな、鞘番所の御支配さまは」

「行徳の宿場役人どもと違って気性は荒いし、度胸も据わっている。仲間に引き入れることができたら、心強いこと、この上なしで」

「行徳の宿場役人を抱き込んだときのように上手《うま》く行くといいがな」

ちらりと万造がお紋に目をやって、

「お紋とかいう囮になった芸者、御支配といい仲だって噂があったな。使い道があるかもしれねえな」

「少なくとも人質にはなりやすぜ」

薄ら笑って鎌五郎が応えた。

「さて、どうするか。ここが思案のしどころかもしれねえ」

ほくそえんだ万造が、うむ、と首を捻った。

秋葉大権現の鳥居脇の境内に錬蔵たちはいた。安次郎とともに駆けつけた藤右衛門の男衆のなかに、おもいもかけぬ男が混じっていた。

猪之吉と富造であった。

ふたりは取り戻した女たちを連れて一足先に深川へ戻ってきたのだった。

「行徳一家への殴り込み、上々の首尾だったようだな」

問うた錬蔵に猪之吉が応えた。

「四つ（午後十時）に殴り込んで、その場で用心棒を三倍値で行徳一家から買い受けましたんで、それで一気に勝負がつきやした。喧嘩も商い。命はひとりにひとつだけだが金は稼げる、うまく使え、と五百両ほど主人《あるじ》が男衆のひとりに預けてくれてたんで助かりやした。生きた金を使う。めったにないことで」

「櫓下の綱五郎は行徳一家の残党の始末のために行徳に残ったのだな」

「その通りで」

「討ち入るは大番屋の者たちと決めているが」

「あっしと政吉、富造の三人は斬り込みに加われ、と主人からきつくいわれております。足抜き屋の始末は、あっしらにまかせていただきたいんで」

「引けぬ、という顔つきだな」

「主人は、大滝さまにはともかく、あっしらには、時として鬼にもなられるお方で。足抜き屋の始末をつけるは岡場所の男衆のけじめだと、それは、きつい言い方でして」

「安次郎とともに動いてくれ。お紋とお俊を助け出してほしい。助け出したら、政吉か富造をつけて河水楼で匿ってほしいのだ」

「ともに斬り込めるんでしたら何でもやりやす。政吉にお紋さんたちを河水楼に連れて行かせやす。政吉、いいな」

無言で政吉がうなずいた。

「町火消しの手配はついているな」

「まもなく駆けつけるはず」

問うた錬蔵に猪之吉が応えた。

松倉ら鞘番所の手の者を振り向いて錬蔵が告げた。

「安次郎と前原が火を放つ。それを合図に討ち入れ」

同心や手下たちが眦《まなじり》を決して大きく顎を引いた。

行徳一家の表戸に柴の束が数個ならべられている。安次郎が火のついた松明《たいまつ》を束に投げ入れた。一斉に燃え上がる。

「火事だ」

あろうことか安次郎が叫んだ。

裏口のほうからも、

「火事だ」

との前原の声が上がった。

慌てて表戸が開き、子分が数人飛び出してきた。その子分たちに向かって大刀を抜きはなった溝口たちが斬りかかった。斬り伏せて、そのまま奥へ駆け込んでいく。掛矢を手にした錬蔵が悠然とした足取りでつづいた。

「火事だ」

との声に万造たちが腰を浮かした。

「見てきやす」

宗三が長脇差を摑み、座敷から飛び出していった。

顔を見合わせた万造と鎌五郎が長脇差を手に座敷から出た。煙が立ち籠めている。

「煙だ」

「雨戸が開いている。誰かが忍び入ったのだ」

顔を見合わせた万造と鎌五郎の近くの雨戸が派手な音を立てて壊れた。割れた雨戸の隙間から振り下ろされる掛矢が見えた。

雨戸が倒れた。

その向こうに掛矢を片手に錬蔵がいた。

「てめえは鞘番所の」

声を荒げた鎌五郎に錬蔵が告げた。

「深川大番屋支配、大滝錬蔵。数々の悪事、許せぬ」

掛矢を振り上げ、雨戸に叩きつけた。雨戸が斜めに割れ、外れて倒れた。

「てめえ」

「引導渡してやる」

吠えた鎌五郎と万造が長脇差を抜き連れた。

そのとき……。

「大滝さま、お紋さんとお俊さん、助け出しやしたぜ」

安次郎の声がかかった。

見やった錬蔵の目に安次郎と猪之吉、政吉、富造たちの背後にお紋とお俊の姿がみえた。

「政吉、頼むぞ」

錬蔵の呼びかけに政吉が、

「心得ておりやす」

とお紋とお俊をかばって庭へ出た。

庭に降りた安次郎が、

「旦那、ひとり引き受けやすぜ」

と長脇差を引き抜いた。尻端折りの姿は殴り込んできた粋《いき》なやくざに見えた。

「あっしらは足抜き屋を探し出して始末しやす」

声をかけた猪之吉に安次郎が、

「色の白い優男だ。ちょっと見た目には温和《おとな》しげな野郎だぜ」

「必ず見つけ出しまさあ」

にやり、として猪之吉が踵を返した。富造が後を追う。ふたりとも、すでに長脇差は引き抜いていた。

「行くぜ」

声をかけて安次郎が万造に斬りかかった。

「しゃらくせえ」

迎え撃った万造が安次郎と刀をぶつけあった。

成り行きから錬蔵は浦瀬の鎌五郎と睨み合うことになった。

万造と安次郎は丁々発止《ちょうちょうはっし》と斬り結んでいた。鍔《つば》迫り合いとなった。力任せに押し合ったとき、万造が安次郎の踝《くるぶし》を蹴った。

痛みに呻いた安次郎の姿勢がわずかに崩れた。

助けに動こうとした錬蔵に一瞬の隙が生じた。裂帛の気合いを発して鎌五郎が上段から斬りかかってきた。その刀を下からはじき返した錬蔵は、反《そ》り返って大きく開いた鎌五郎の脇腹に大刀を叩きつけた。

血飛沫をあげて鎌五郎が崩れ落ちた。

倒れて仰向けとなった安次郎は右へ左へと地を転がり、迫る万造の刃を懸命に逃れていた。

「死ね」

振り下ろした万造の長脇差を突き出された大刀が受けた。鋼《はがね》が打ち合わされた衝撃が飛び散る火花を生んだ。

「てめえ」

睨み据えた万造の目線の先に錬蔵がいた。

「人のこころを持たぬ奴、手加減はせぬ」

「甘いことを。人のこころなど後生大事に持ち合わせていたら、この世で生きていけぬわ。情けは無用の長物よ」

後ろへ飛ぶなり右八双から長脇差を袈裟懸けに振るった。左へ返して八双からの攻撃を加えてくる。迅速な太刀捌《さば》きだった。右から左から休む間を与えず攻撃を仕掛けてくる。錬蔵は右袈裟懸け、左袈裟懸けの連続技をひたすら鎬《しのぎ》で受け続けた。

じりじりと下がった錬蔵はいつしか塀際に追い詰められていた。

愕然と目を見開き、安次郎は錬蔵と万造の戦いを息を呑んで見つめていた。

（斬り込めば万造の刃に倒れる）

との恐れさえ抱いていた。それほどまでに凄まじい、目にも留まらぬ万造の太刀捌きだった。

追い詰めた万造が小さく息を吐いた。すかさず錬蔵がいった。

「息が切れたか」

「たわけたことを。一撃で仕留めてやる」

大上段に万造が長脇差を振り上げた瞬間、半歩横に動いた錬蔵が大刀を右下段から逆袈裟に振り上げていた。刀は見事、万造の左脇腹を切り裂いていた。のけぞりながらも刀を振り下ろした万造の右肩に、刀を返した錬蔵の袈裟懸けの一撃が叩きつけられていた。

血を派手に噴《ふ》き散らしながら行徳の万造が倒れ込んだ。

見下ろして錬蔵が告げた。

「鉄心夢想流につたわる秘剣〈霞十文字《かすみじゅうもんじ》〉。あの世へ送る、手向《たむ》けの太刀。地獄回りのみやげがわりだ」

すでに火は消し止められたのか煙も薄らいでいた。家のなかで剣戟《けんげき》の響きがしている。まだ同心たちが戦っているのかもしれない。

呆然と安次郎が立ち尽くしている。

「行くぞ」

声をかけられた安次郎が、びくりと躰を震わせた。

「凄まじいまでの勝負。見ていても生きた心地がしませんでした。剣の練磨に励む者には終世、忘れ得ぬ目の保養になりやした」

「まだ捕物は終わっておらぬ」

廊下へ錬蔵は足を乗せた。なかへ入っていく。安次郎が後を追った。

行徳一家の表戸から出ると火消したちが後始末に忙しく立ち働いていた。藤右衛門がいる。よほど手荒く扱われたのか傷だらけの足抜き屋が後ろ手に縛り上げられ引きすえられていた。富造が縄尻を取っている。傍らに猪之吉がいた。お俊が政吉のそばに立っている。

出てきた錬蔵に気づいて政吉が近寄ってきた。

「お紋さんは、君奴さんの供養《くよう》をするのだといって三味線を手に十五間川の水辺に向かわれました」

「三味線を持って……」

脳裏に君奴の骸のそばに坐り三味線を弾く形をとったお紋の姿が浮かんだ。

振り返ると傷でも負ったのか松倉が返り血で顔半分染《そ》めた小幡の肩を借りて立っていた。溝口と八木の身につけた小袖や袴に返り血が赤黒く染みついている。その出で立ちが行徳一家の者たちとの戦いが、いかに激しかったかを物語っていた。

前原が歩み寄ってきた。

「行徳一家は皆、仕留めました。骸は、すべてあらためてあります」

「わかった。引き上げてくれ」

「御支配は」

「行くところがある」

「それでは松倉さんに、そのことをつたえて下知してもらいます」

「頼む」

錬蔵はひとり踵を返した。歩いていく。

その後を追おうと足を踏み出したお俊に声がかかった。

「行っちゃならねえ」

振り向くと傍に安次郎が立っていた。

「どうして、いけないのさ」

拗《す》ねたような口振りだった。

「政吉から聞いた。旦那は、供養に立ち合うために行かれるんだ。君奴のための三弦《さんげん》供養によ」

「三弦供養……」

俯《うつむ》いたお俊が、はっと気づいて顔を向けた。

「それじゃ、旦那は」

「遠くて近きは何とやらというぜ。おまえも深川の女だ。そこんところは、わきまえな」

「そうはいっても、さ」

「そうは、いってもかい。わからねえでもないがね。何せ、おいらは昔は男芸者の竹屋五調、そこらの機微《きび》には、ちっとはうるせえ男なのさ」

「どう、うるさいのさ。喋りかけないでおくれよ。男芸者の昔にもどっちまったのかい」

「その調子だ。お俊らしくなったぜ」

「何いってんだよ。人を小馬鹿にしてさ」

足下にあった石ころを、ぽん、と蹴飛ばした。

弧を描いて飛んだ小石が二十間川に落ちてみるみるうちに波紋を広げた。

それは次第に形を失い、いつもの流れにもどっていく。何事もなかったかのように変わらぬ川音が響いていた。


川の流れが奏でる音は、弾《ひ》き鳴らされる三味線の音にかき消されている。

三味線の音色に向かって錬蔵は歩み寄っていった。

十五間川の水辺に立って一心不乱に三味線を弾くお紋の姿がみえた。

君奴が住むあの世へ届けよとばかりに響く三味線の音色は、錬蔵の足を、その場に釘付けにした。

いま錬蔵は岸沿いに立つ柳の木の後ろに立っている。

お紋がいい声で唄《うた》っている。それがなんという題目の調べなのか、常磐津、小唄の類《たぐい》には、およそ無縁の錬蔵にはわからなかった。ただ切々としたお紋のおもいだけはつたわってくる。

「君奴ちゃんはほんとは優しいんだよ。ただ、自分が一所懸命やってるのに、そのことを誰にもわかってもらえなくて腹を立てちまうんだ。腹割って馴染んでいくとわかるんだよ、君奴ちゃんの、いいとこがさ。けど、みんな馴染もうとしてくれないのさ。だからさ、あたしだけでも……」

そうお紋がいっていたことを錬蔵は思い出していた。

(お紋、真心こもった君奴の供養は、おまえひとりにしか出来ぬことかもしれぬ)

凝然と錬蔵はお紋を見つめた。

三味線の撥《ばち》が激しく動いている。弦を押さえる指も動き回っているのか躰が細かく揺れていた。

そこは誰も入ることを許されぬお紋と君奴の世界であった。

「三弦供養か」

おもわず錬蔵はつぶやいていた。

踵を返した錬蔵は、ゆっくりとお紋に背を向けた。

お紋が弾きつづける三味線の音色が錬蔵に追いすがり、まとわりついてくる。

遠ざかるにつれ、その音色は次第に錬蔵から離れていき、はるか彼方から聞こえてくるかのようにおもえた。

が、その音が消えることはなかった。

三弦供養の三味線の音色が、お紋のこころの嘆き節となって錬蔵の耳朶《じだ》を打ち、いつまでも果てることなく聞こえている。

【参考文献】

『江戸生活事典』三田村鳶魚著　稲垣史生編　青蛙房
『時代風俗考証事典』林美一著　河出書房新社
『江戸町方の制度』石井良助編集　人物往来社
『図録　近世武士生活史入門事典』武士生活研究会編　柏書房
『江戸時代　古地図・古文書で愉しむ　諸国海陸旅案内』人文社
『新修　五街道細見』岸井良衛著　青蛙房
『図録　都市生活史事典』原田伴彦・芳賀登・森谷尅久・熊倉功夫編　柏書房
『復元　江戸生活図鑑』笹間良彦著　柏書房
『絵で見る時代考証百科』名和弓雄著　新人物往来社
『時代考証事典』稲垣史生著　新人物往来社
『長谷川平蔵　その生涯と人足寄場』瀧川政次郎著　中公文庫
『考証　江戸事典』南条範夫・村雨退二郎編　新人物往来社
『江戸老舗地図』江戸文化研究会編　主婦と生活社
『新編　江戸名所図会～上・中・下～』鈴木棠三・朝倉治彦校註　角川書店

『武芸流派大事典』綿谷雪・山田忠史編　東京コピイ出版部
『図説　江戸町奉行所事典』笹間良彦著　柏書房
『江戸町づくし稿―上・中・下・別巻―』岸井良衛　青蛙房
『江戸岡場所遊女百姿』花咲一男著　三樹書房
『江戸の盛り場』海野弘著　青土社
『天明五年　天明江戸図』人文社
『嘉永・慶応　江戸切繪圖』人文社

吉田雄亮著作リスト

修羅裁き	裏火盗罪科帖	光文社文庫	平14・10
夜叉裁き	裏火盗罪科帖(二)	光文社文庫	平15・5
繚 乱《りょうらん》断《だ》ち	仙石隼人探察行	双葉文庫	平15・9
龍神裁き	裏火盗罪科帖(三)	光文社文庫	平16・1
鬼道裁き	裏火盗罪科帖(四)	光文社文庫	平16・9
花魁殺《おいらんさつ》	投込寺閻供養	祥伝社文庫	平17・2
閻魔《えんま》裁き	裏火盗罪科帖(五)	光文社文庫	平17・6
弁天殺《べんてんさつ》	投込寺閻供養(二)	祥伝社文庫	平17・9
観音裁き	裏火盗罪科帖(六)	光文社文庫	平18・6
黄金小町	聞き耳幻八浮世鏡	双葉文庫	平18・11
火怨裁き	裏火盗罪科帖(七)	光文社文庫	平19・4
傾城番附《けいせいばんづけ》	聞き耳幻八浮世鏡	双葉文庫	平19・11
深川鞘《さや》番所		祥伝社文庫	平20・3

転生《てんしょう》裁き　裏火盗罪科帖(八)　光文社文庫　平20・6
放浪悲剣　聞き耳幻八浮世鏡　双葉文庫　平20・8
恋慕舟　深川鞘番所　祥伝社文庫　平20・9
陽炎《かげろう》裁き　裏火盗罪科帖(九)　光文社文庫　平20・11
紅燈川　深川鞘番所　祥伝社文庫　平20・12

紅燈川

一〇〇字書評

切り取り線

購買動機（新聞、雑誌名を記入するか、あるいは○をつけてください）

□（　　　　　　　　　　　　）の広告を見て	
□（　　　　　　　　　　　　）の書評を見て	
□ 知人のすすめで	□ タイトルに惹かれて
□ カバーがよかったから	□ 内容が面白そうだから
□ 好きな作家だから	□ 好きな分野の本だから

●最近、最も感銘を受けた作品名をお書きください

●あなたのお好きな作家名をお書きください

●その他、ご要望がありましたらお書きください

住所	〒				
氏名		職業		年齢	
Eメール	※携帯には配信できません	新刊情報等のメール配信を 希望する・しない			

あなたにお願い

この本の感想を、編集部までお寄せいただけたらありがたく存じます。今後の企画の参考にさせていただきます。Eメールでも結構です。

いただいた「一〇〇字書評」は、新聞・雑誌等に紹介させていただくことがあります。その場合はお礼として特製図書カードを差し上げます。

前ページの原稿用紙に書評をお書きの上、切り取り、左記までお送り下さい。宛先の住所は不要です。

なお、ご記入いただいたお名前、ご住所等は、書評紹介の事前了解、謝礼のお届けのためだけに利用し、そのほかの目的のために利用することはありません。またそのデータを六カ月を超えて保管することもありませんので、ご安心ください。

〒一〇一―八七〇一
祥伝社文庫編集長　加藤　淳
☎〇三（三二六五）二〇八〇
bunko@shodensha.co.jp

祥伝社文庫

上質のエンターテインメントを！　珠玉のエスプリを！

祥伝社文庫は創刊15周年を迎える2000年を機に、ここに新たな宣言をいたします。いつの世にも変わらない価値観、つまり「豊かな心」「深い知恵」「大きな楽しみ」に満ちた作品を厳選し、次代を拓く書下ろし作品を大胆に起用し、読者の皆様の心に響く文庫を目指します。どうぞご意見、ご希望を編集部までお寄せくださるよう、お願いいたします。

2000年1月1日　　祥伝社文庫編集部

紅燈川《こうとうがわ》　深川鞘番所《ふかがわさやばんしょ》　長編時代小説

平成20年12月20日　初版第1刷発行

著　者　吉《よし》田《だ》雄《ゆう》亮《すけ》
発行者　深澤健一
発行所　祥《しょう》伝《でん》社《しゃ》
東京都千代田区神田神保町3-6-5
九段尚学ビル　〒101-8701
☎03(3265)2081(販売部)
☎03(3265)2080(編集部)
☎03(3265)3622(業務部)
印刷所　堀内印刷
製本所　積信堂

ISBN978-4-396-33472-7　C0193

祥伝社のホームページ・http://www.shodensha.co.jp/

祥伝社文庫

吉田雄亮　**花魁《おいらん》殺《さつ》**　投込寺闇供養

源氏天流の使い手・右近が女郎を生《いけ》贄《にえ》にして密貿易を謀る巨悪に切り込む、迫力の時代小説。

吉田雄亮　**弁天殺**　投込寺闇供養【二】

吉原に売られた娘三人と女衒《ぜげん》が殺され、浄閑寺に投げ込まれる。吉原に遺恨を持つ赤鬼の金造の報復か？

吉田雄亮　**深川鞘番所**

江戸の無法地帯深川に凄い与力がやって来た！　弱者と正義の味方――大滝錬蔵が悪を斬る！

吉田雄亮　**恋《れん》慕《ぼ》舟《ぶね》**　深川鞘番所

巷を騒がす盗賊夜鴉とは……。芽生える恋、冴え渡る剣！　鉄心夢想流が悪を絶つシリーズ第二弾。

井川香四郎　**未練坂**　刀剣目利き　神楽坂咲花堂

剣を極めた老武士の奇妙な行動。上条綸太郎は、その行動に十五年前の悲劇の真相が隠されているのを知る。

井川香四郎　**恋芽《め》吹《ぶ》き**　刀剣目利き　神楽坂咲花堂

咲花堂に持ち込まれた童女の絵。元の持主を探す綸太郎を尾行する浪人の影。やがてその侍が殺されて……